与岁月
温柔相待

沈嘉柯　著

WUHAN UNIVERSITY PRESS
武汉大学出版社

图书在版编目(CIP)数据

与岁月温柔相待/沈嘉柯著. —武汉:武汉大学出版社,2018.2
ISBN 978-7-307-16777-3

Ⅰ.与… Ⅱ.沈… Ⅲ.短篇小说—小说集—中国—当代 Ⅳ.I247.7

中国版本图书馆 CIP 数据核字(2017)第 262985 号

责任编辑:荣 虹 责任校对:汪欣怡 版式设计:汪冰滢

出版发行:**武汉大学出版社** (430072 武昌 珞珈山)
(电子邮件:cbs22@whu.edu.cn 网址:www.wdp.com.cn)
印刷:武汉精一佳印刷有限公司
开本:880×1230 1/32 印张:8 字数:190 千字 插页:1
版次:2018 年 2 月第 1 版 2018 年 2 月第 1 次印刷
ISBN 978-7-307-16777-3 定价:32.00 元

目　录

拐几个弯爱才会来

这所民族大学的屋顶，全部是碧绿色。第一次来，我忍不住就笑了，多像是一顶顶绿帽子。但是，它还是漂亮的，园林式学校的牌子挂了好多年。

出入侧门的时候，必须经过篮球场。是不是所有的大学都这样呢？篮球场边上，总是站着众多的女生。而我却从来不去看，我不喜欢和大群人站在一起，我不喜欢那些故意在女孩子面前卖力表演的男孩。

那些欢呼和跳跃的影子，与我毫无关系。

在我的心里，藏着一个影子。梁小池，他是多么沉默而骄傲。

从高中开始，这个影子，绵延了五年。五年，是多么长的一段光阴。他有着两颗明显的门牙，洁白，如同一只兔子。他的头发坚硬倔强，衣服永远洁净。

他表面上，总是那么温驯的。只有我知道，他的骨子里的桀骜。可是，他从来没有留意我一眼。他的数学那么好，可是严重偏科，所以，他的名次怎么也排不到前二十名。而我们的班主任说，不进前二十名，很难进大学的。

我喜欢他。全世界，只有我自己知道。

我考大学的愿望，让我不容许自己背弃理想，展开一场分心的恋爱。

他走过我的身边，我也只是闭上眼睛感觉他身上的气息。就这样，我等待着，祈祷上天恩赐一个美好的结果。

这个结果是，我考上他报读的大学，他的名字，我却怎么也找不到。回学校拿录取通知书的时候，我站在公示的红榜前，自言自语，是不是，没出息的人，不应该喜欢。我念着他的名字，只念了一遍，我的语速，比即将到来的暑假更加悠长。

然后，我转身走了。

据说在空闲而散漫的大学，可以开始一段恋爱。这所大学，我在照片上看见过，房子有着碧绿的屋檐和屋顶，像是一年四季都弥漫着春天的气息。

我的恋爱，是不是可以开始了？

不知道被风吹到哪里

整个大一，我都在学校游荡。以至于到如今，我都可以准确告诉你，在某个地方，藏着某个好去处。那时候，在图书馆的背后，长着两株巨大的蜡梅。冬春之间，黄色小花开了满树，阳光尚暖的时候，我躺在树下，清香之中，想念梁小池。

他会怎么样呢?

谁也没想到，我考上了这所学校，而他没有成功。我想我永远都不可能有机会，让他听见我心里的话。

我无从影响他的想法，我与他，距离越发远了。从一个教室，变成两个城市。我想，我有理由成为一个心无旁骛的女孩。我的学业太过优异，连辅导员老师都叹息，你的时间可以拿出来谈一次恋爱了。我笑笑，不语。

篮球场边上，还是尖叫声不断。后来，我干脆走笔直方向的路。不得已人多的时候，才走那条曲折绕旋的路。

不是没有人给我情书的。我习惯早早就到教室坐好，固定地坐在顺数第十一排的位置。因为当年，梁小池坐的就是第十一排。那个桌子的抽屉里，有着淡淡的香水味道。学校外有专门用来写情书的纸，充满了各种香味。

收到樊南的情书，是在大二的上学期。

照例，我折叠了两下，丢到门口的垃圾桶里。我唯一感兴趣的事情，是不断联系老同学，打听梁小池。我什么都没打听到。

可是，他就像是一片树叶，在人生的岔路上，各自分手，就不知道被风吹到哪里去了。

光阴似乎比往年快了

我终于还是决定放弃。年华一旦错过，就不再有了。

让我下定决心的，是从前的一个师姐，我陪伴着她走啊走。她说，她最遗憾的是没有在大学恋爱过。她如此优秀，到如今工作也好。唯独缺了一门功课，恋爱功课。再也不会有如此纯粹的爱情了，也没有那般的心情去恋爱了。

我心有一丝的震撼。

我会有她这样的一天，寂寞的失落，回忆里，遗憾缠绕心间吗？

大三这一年来的时候，光阴似乎比往年快了许多。我一个宿舍的女孩子，纷纷都由单而双。只有我一个人，仍然孤单地上课，下课，自习。人抗拒得了痛苦，却难以抗拒寂寞。

樊的情书，在新的一学期开始时，我终于收下了。我不是不愧疚的。

他是唯一一个，始终不曾放弃的男生。当我见到他的时候，略微惊讶了。他也有和梁小池同样的头发，坚硬而倔强。他说他是文学院的，而我是法学院的，我们的学院左右相互为邻居。他出入都看见我，留意到了我。

我自然不必提起过去。

樊叫樊南。他有着太多和梁小池不一样的地方了，虽然他们有着同样的头发。梁小池是沉默的，而樊南是热切而活泼的，是直接的。就好比他喜欢我，于是情书连绵不断，一年四季等候在我的抽屉里。

而最大的一个不同是，樊南喜欢我，并且我知道。梁小池不曾喜欢我，或者喜欢，我也无法知道。

既然决定了遗忘，那么就彻底一些吧。我跟着樊南，第一次尝到恋爱的滋味。即使，我只是被爱，还没有那么爱他。

我们在南湖边上，看着太阳升起又落下。湖里多鱼，他常常去抓鱼，我们一起自己烧烤。在门口的一家乖乖炒饭店，他点了最辣的指天椒牛肉饭，然后辣得哈着气，猛地在我脸上亲吻了一下。大大咧咧，旁若无人。辣意让我的心猛烈地跳动。这个男孩，我被他的爱，炙烤得满面通红。不得不承认，他让我快乐起来，摆脱了修女一样的心境。

但我还是惆怅了，如果现在吻我的是梁小池呢？会是什么样的呢？

我的选择，在于你的选择

美好的日子，并不长久。樊南这样阳光帅气的男生，也许我无福消受。我总是感觉，背后有人在盯着我。远远的，又像是很近，寻觅不到人影，那种感觉却挥之不去。很快，一个陌生的女孩子杀气腾腾地靠近我，公然宣战。

为了爱情，一切都是可以原谅的。种种手段，只为了将樊南从我的身边带走。我仍然只是观望。能够留下的，自然会留下。无心留下的，挽留也无益。

有一天，樊南来找我，犹豫半天，开口问道，阿柯，你说，我不知道该怎么办，在你和雪梓之间，我真不知道如何选择。

我看着樊南，轻轻说，我的选择，在于你的选择。

他张大嘴巴说，那我回去想想。

不久以后，他不再找我。再不久以后，他见到我也躲闪。再后来，他在情人节前打电话来说，我是不是太对不起你了？

我说，没有啊！我显得那么云淡风清。

我算不算默默地退出？

也许，我从来就没有认真开始过。

总算，我也曾经恋爱过，是不是？

大三，就要结束了。那些寂寞的岁月终于到头了。

怎样寂寞的日子里

那一年的宿舍格外紧缺，于是我住到了靠近篮球场的四栋。夏天来临的时候，猎猎的风穿过窗户，吹得衣服晃动。

陌生的环境让我有一些不适应，但是，我很快就要搬走的，也就无所谓了。临时宿舍里，乱糟糟的。

6 月 28 日，是学校通告的毕业生离校最后日期。

我的墙壁上，挂着一张大幅美女图。我忍不住笑了，没有办法，腾挪出来的旧男生宿舍就是这样的。我们这些毕业生情况繁复，学校的安排也显得有点荒谬。

虽然宿舍经过打扫，还是很凌乱。我将暗角的灰尘收拾出来，仔细擦过床铺上下铁架。最后，我忍不住揭下那幅美女明星海报，然后我惊呆了。在海报背后，居然有别的图画。

上面是一幅铅笔的素描，长长的头发飘扬着，头发下，是一张纤细而熟悉的面孔。那分明是我的模样。旁边是手书："青鹤，为什么你不转头看我一眼呢？为什么……"

我像是可以看见他坐在床上，发出悠长的叹息。是在怎样寂寞的日子里，他一个人画着我的样子，写下那些话？在画的下角，是一个又一个"正"字。末尾，签着他的名字。

他有三百多次机会可以叫我的名字，却次次落空。

眼泪，如同眼泪应该流淌的样子，寂寞地掉了下来。而我，居然住进了他曾住过的宿舍。他怎么会在这里?

在我的左右

我竟然从来不知道，他一直与我各怀着心事，居然可以那么对等。他因为骄傲而沉默，我因为理想，而低下头去逃避。

后来，他读了成人教育的本科。

他选择的大学，就是这所大学。

他所住的，就是四栋二楼，成教学生集中居住的地方。而我一直漠不关心。他知道我每天经过那条路，于是在那路边的篮球场上打球。一次，两次，三次……到最后数不清楚多少次。

没有一次，我注意到他。他也从来没有叫我的名字。

他为什么不叫呢?

我的头发越来越长，而他在素描上的“正”越画越多。爱情青睐勇敢的人，当年的我与如今的他，都是不配得到爱情的人。

我永远不会知道，那年我站在高考录取的公示榜前，所说的那些话，他都听见了。因为他站在巨大的牌子后面，身影全部被遮挡住了。其实，那是他唯一一次鼓起勇气，想要对我说一句话的。他在后面，等我等了许久，我使他自卑了，然后他哑巴了。然后，我们就此分别。这一别，就是好几年。

后来，我知道，因为我念旧回学校重游的时候，门卫阿姨告诉我，那年，有个男生在我走后，站在牌子下哭了。

谁都看得出来，他为什么而哭。我一步一步走开了，没有回头看见他。

骄傲有时候，只是一个抵御谦卑的面具。

拿下面具，是一张哀伤的脸。

可是，知道了，我又能够如何呢？如今我就要毕业了。一年的时间，足够发生太多的事情。我仅仅是比他先一年，来到这所大学。我们彼此，就完全错过了。除非我等他一年，那是多么高风险的事情啊！

两年来，我和一个并不深爱的男孩走到一起，一起在学校各个地方出现，而他居然也来到这个大学，并且始终看着我和别的男孩在一起。

他是骄傲的，是沉默的，也是痛苦的。沉默的人，那痛苦也比别人强烈和压抑。所以，我才总是感觉，我和樊南在一起时候，背后有着一双煎熬痛苦的眼睛。原来，那并不来自那个女孩子。

爱情青睐勇敢的心

毕业的时候终于到了，我是最后一个离开的，送别所有人。我将在27日的上午，乘6点30分开出的538路公交车到火车站。

天空昏黑，渐渐被照亮，我走出宿舍，走过湖边，走过排球场，经过篮球场，在那里停顿了一下，然后我走出南二门。

我上了第一辆开过来的538公交车。车上只有两个人，一个司机，一个男孩。他坐在第十一排的位置。我一眼看见了他，他似乎在那里等了许久一样。

我呆住了。

他起身，走近我，我数着他的脚步，眼泪像蹦跳的兔子一样出了笼子。

我们对望了许久，车开了。人渐渐涌进来，整个城市热闹起来，阳光使每个人的面孔都明亮起来。最终，我们深深拥抱在一起。

爱情，只青睐勇敢的心。

我们已经学会了勇敢。

谁此刻在世界的某处哭

1

禾信没有见过这么想发财的人，午饭时间雷打不动下电梯到楼下买一张六元三注的彩票。这样的男人每天脑海里都有些什么在打转，绝对不是谜。

禾信很想借用著名导演的老梗例子进行规劝，人不能爱财到这样的地步。但终归禾信在心里默默念叨了一千遍一万遍，一个字都没有蹦出牙齿缝。

事不关己高高挂起，道理越老越有道理。

人活在世上也不能没有外号，除非你不跟人打交道。手指尖尖十分漂亮的是小葱，身材椭圆的是橙子，至于天天想发财又姓费名成的男人，自然就叫废材。

整个办公室，也就是个动植物俱乐部。奇妙的是这个男人一贯不生气，无论如何也不生气，就算知道背后大家称他废材。

这是个宜家宜室的男人，女性们在闲扯八卦的时候，郑重做出了鉴定。

也许会有一个女孩子中意宜家宜室的男人，在人群中找到费先生，但绝对不是我们之中的任何一个，禾信宣布终审判决。

那天早上禾信皱着眉头看文案，边看边敲键盘，核对电脑显示的错误字词。直属上司来巡视了，眼光落到禾信的脸上，立刻皱眉。

“禾信，上班不要吃东西。”

禾信张张嘴巴，企图辩解，但唇齿失控来不及发言。

上司嗓门越发提高，“你听见没有？”

如果可以，禾信一定吐，但她实在做不到。她想哭，但成年人不能够哭。禾信希望有人来救她，相好的小葱、大鱼或水果，沉默温柔极具美德。关键时刻毫无义气，禾信在心里一个劲冒犯她们的祖宗。

“她其实是牙坏了，嘴巴肿得老高，就像是在吃零食。”当时废材男挺身而出。禾信解了围。上司始终是上司，要面子。哦一声没道歉就撤退。

“废材救了你，拿什么谢她？禾信，你是该以身相许了。”她们说，她们又说，她们再说，连续几天乐此不疲。

当然，禾信口齿不清龇牙咧嘴，恶狠狠回答。

在打自己嘴巴和以身相许之间，禾信必须做出选择。

2

“说吧，你想我怎么谢你呢?”禾信很认真地问。禾信知道自己，看起来狡猾精明，其实心比豆腐。最重要的是，识好歹。谁对她好，她知道。

“张，张家云，你不用客气。”废材很认真地说。

“那我以身相许吧!”禾信做出了选择。

不过不是禾信的身，是葱花、龙俐鱼跟纽西兰大红橙的肉身。火候刚刚好，盘子端出来，一眼看上去，红红绿绿很好看。废材小心翼翼吃了第一口，酸酸甜甜最可口，忍不住发出赞叹，想不到你的手艺这么好呀!

当然，禾信敬谢不敏。然后禾信随口问了他几个问题。

问题都得到回答，有存款，还不够买房，还在努力。他的脸普普通通，但不难看，看久了也会顺眼。吃完了禾信收拾打扫桌子，送恩人出门。站着门口，这个男人忽然又重复了一遍，你做的鱼，味道真的很不错。

她也听出来了，那是一点点恋恋不舍。然而禾信终于还是说，再见。

如果是十六岁禾信可能多多少少没这么坚决，二十六岁的女生，最好现实一点。梦想发财的，跟发财了的有些距离。所以禾信要等的不是费先生。在租来的公寓里看着电视，禾信催眠自己，要相信你所期待的必定出现。

可是，谁又是生来就如此现实?

3

在废材意识到没戏而萎靡的时间里，禾信保持镇定。废材男不是好的选择，却是一个好开端。一个多星期后，禾信被约会了。男方姓丘名安，家住市中心某小区，年纪不算太老，只是近三十岁。尤其重要的是，还算干净。见面是在公务场所，男人要了禾信的电话。然后就开始约她出来吃饭。

吃了一次两次三次，禾信就知道的越来越多。

丘安服务于一家很牛的公司，这注定了他就是青年才俊。禾信没有想到梦想实现得这么快，丘安对她很好，公司年度定额安排的出国飞机票，折换成了人民币，任凭她支配。足够买三四个 C 字头包。禾信真的买了一个，原价不打一点折的新款。

等你习惯了我对你这么好，你就跑不掉了。男人捏着禾信的鼻子说。

哦，这就跟养熟的宠物一样，别无出路，好吃好喝好穿的生活，太难割舍。禾信不是不明白这个道理。可是，有人愿意如此养着你，已经是天大的幸运。

禾信开始请假，请得多了，干脆就不上班了。她已经见过了丘安的父母，表现良好，通过了家长关。结婚大概是迟早的事，就连去哪里度蜜月，禾信都有计划。还能是哪里，当然是迪拜啊！

正式离职是个秋日，她没有跟一干女性密友告别，是的，她一定会被嫉妒被嘲讽，她看穿了她们都是小女人，可以共享八卦，不可以彼此祝福。

站在门口，禾信看见仍然顶着废材外号的费成，低头对着桌面，没有抬头目送她。他们没有视线交集的机会。

算了，就这样再见吧。

她桌上没有带走的零散物品，有用的大家自然会瓜分。

有人拿走了她最常用的圆珠笔。

4

禾信再次见到费成，还是吃东西。这一次他们吃的是烧烤，在这个城市小吃街的老巷子里，坐在烟火缭绕的烧烤店角落。相对而坐，并不客气。扇贝生蚝之后，是茄子。

尾端还带着娇嫩碧绿的茄子叶的肥大茄子，对半剖开，直接炭火上烤，肉质渗透出汁水，撒点盐，吃起来柔软而甜美。

“你有女朋友了吗？你还在做发财梦吗？你还在买彩票吗？”禾信边吃边问。

费成边吃边摇头。他的脑门都是汗，他吃得多，禾信吃得少。他还说，你结婚了，过得这么好，挺好的。

“你后悔了吧！要是你当时主动追我，说不定我就嫁给你了！”禾信抬头，看着这个旧日同事的男人，如是说。

男人也看着她，照着老样子笑了，有点羞涩，是后悔啊！看你第二天态度冷冰冰的，就不敢跟你说话了。禾信也笑，发自内心的笑，她说，你多吃点啊，够不够，再来一份生蚝吧！我请你吃啊，可要吃好啊！

男人说，好啊，好啊！那就再来一份吧！烤茄子也要。

这些食物都很美味，但禾信吃得不多，她吃的是更高级更美味的精神食物。

在公司的楼下遇到了费成，禾信喊他的外号，他们有两年没见了。这个男人愣了一下，居然露出久违亲切的笑脸，跟她打招呼回应了，居然还愿意跟她一起吃东西。到今天，他还承认了他是喜欢她的。

她如数家珍，去过的国家，住过的酒店，吃过的东西，玩过的景点。我都能用英语跟小贩讨价还价了，她一直在说，他一直在听。

禾信觉得很饱了。

很满足的饱，很痛快的饱。

吃饱以后再逛了一圈江滩，他送她上了轮渡，看着她进了闸关。禾信觉得那种眼神，似曾相识。没错，就是那一次送他出门，在门口逗留片刻的眷念目光。

5

二十八岁的费成转过身，慢慢往回走。他要坐 52 路公交车回家。

他姓费名成，他浪费了人生的二十八个年头，爱情一片空白。可是，总会有人愿意跟他走到一起的。只不过不是她。

当他回过头，再次看见了她，措手不及，很紧张。他听见她接电话撒娇，手机泄露出另一方的宠溺，禾信你玩归玩，记得不要太晚。

他都听着，间或看着她微笑。

他想过用那只笔写点卡片祝贺，但没有地址也就作罢。不常用的圆珠笔，搬家后就不知道丢哪里去了。

他还是没有中彩票，他终于存够钱了，他终于买房了，但他还是一个人。他也约会过别的女生，来逛过江滩，坐这条线的公交车回家。但他从来没有像今天这样，心中充满了一种奇妙的情绪，难以言喻而又填满了胸口。

他今天找到了答案。

他的答案是，他足够爱着她。

一个人很普通，也可以这么深厚地去爱一个人。

为了这个意想不到的答案，费成开始笑，渐渐弯下腰。女公交司机小声嘀咕，神经病。

轮渡离开码头，时间晚了，乘客不多了。二十八岁的禾信没有找椅子坐，她靠着栏杆看江水。灯火倒映，更有光辉。

人生如此圆满，旧识如此圆融，全情作陪成全她的幸福感，还有什么不满足？如果有一件事是严重的，这就是。

她不会后悔她要的人生。只是此刻她捂住脸，曾经拔牙的那一边，纯属记忆的痛遥遥扑来。

这样漫长的江水，流过千里万里，没有流出笼罩半个地球的夜。她没想过，会是如此浩瀚地覆盖。轮渡那头，是她的故人。

谁此刻在世界的某处哭，无端端地哭。在哭着谁？

榛子的心

在空调车上，乔熹收下了一大把榛子松子。这些果仁从东北茂密的树林里，被摘下，被炒干，被打包，用黄黄的牛皮纸，千里迢迢来到这个副热带高压的城市——武汉，用来讨好男生最心爱的女孩。

几乎已经不抱希望的中嘉，被乔熹拒绝了太多次。他只是个老老实实告白示爱的男生，在奋勇表现花样百出的追求者们当中，毫无光华，彻底被淹没。

中嘉的妈妈来武汉看望心爱的儿子，顺便带了一大袋他们当地的炒货。这些气味芬芳、味道鲜美、质地干脆的果仁，中嘉很大度地分了一些给宿舍的男生，剩下的他丢进了背包。如果想家，就吃一点。

乔熹非常漂亮，漂亮女生追求的人总是很多，得到的人只有一个。那个得到乔熹的男孩跟乔熹在公交车上，僵持了一段时间，然后在车门打开的间隙，男孩脸色难看地冲下车，乔熹不下车，只是扭头盯着车窗玻璃，恶狠狠地瞪着，散发着全世界谁也别来惹我的气息。

瞪得久了，乔熹看见车窗映出的中嘉影子。他就坐在最后一排，向前数过去四排，他恰到好处地被气得掉泪的女生看见。年轻的乔熹想起来了，这是一张被她拒绝好多次的脸。

当时的中嘉没有露出一丝的幸灾乐祸，相反他还慢吞吞凑过来，站在过道耐心等着，等到乔熹身边座位空了，就谦虚谨慎不骄不躁地坐下去，双手捧着打开的纸包。给，你吃吧，他说。

长得像大号瓜子的榛子，开口的带壳松子，乔熹从公交车下来，一直到宿舍门口才吃完。好吃吗？真好吃。不知道为什么，吃东西的时候她不再哭了，也不再生气了。如果交往一个看相不错的男孩，他却对他的女朋友死硬不妥协，要这种男朋友不是自讨苦吃吗？还不如……换一个。

秋天杀死了夏天

换一个人相处，就像换一个世界生活。这是两个性格反差很大的男生。

中嘉会用高了两个八度的声音发出感叹，“这是全世界最好吃的牛肉面”。但其实乔熹只不过在学校外面的菜市场买了一点熟牛肉切成丁，加几根葱花，煮了一包一元五角的康师傅牛肉面。

这感觉很奇妙也很好笑。乔熹当然知道，全世界最棒的牛肉面师傅如果排个名单的话，她一定在名单上的倒数第一名。

二十岁的女孩在这些人生小小的变迁中，隐隐约约领会到一点什么。

虽然她毫无手艺可言，但她做的最普通的牛肉面，是对方认定的顶级牛肉面。

在吃了中嘉的炒货之后的那个晚上，他们又见面了，她约了中嘉，到她的房间，在小小的租赁的民房里，用那些小锅子、电磁炉，给他做了一碗牛肉面。

他什么都没问，你跟你那个男朋友怎么了？还会和好吗？他就是以吃大餐的架式，消灭了这碗面。

显然乔熹跟她的男朋友吵架闹分手了，显然，乔熹准备原谅那个男孩的时间是有期限的，他的道歉又来得比较迟了。那个男孩用钥匙打开房门，目睹到了他不能接受的状况，离开的时候，踩烂了携带的水果，摔坏了民房质量劣质的门。

越是将一切搞得乱糟糟大打出手，越是在女孩的心里变得一败涂地。

秋天杀死了夏天，冬天渐渐到来，中嘉成了乔熹的正式男友。

有那么一些时候，乔熹上课时凝视阶梯教室外的松树，走神了。她忍不住幻想了她的未来，跟这个对她好，对她好，好到无路可退的男生，结婚生子一直到老。这未尝不是一种特别美好的结局。

然而，人生的逻辑是，有更好的男生出现，你的心便开始动摇。

更好的人

乔熹开始发觉，自己其实是个贪心又肤浅的女生。当她喜欢的中嘉开始工作，开始成为小职员，开始看上司脸色，开始为日益高攀的房价唉声叹气的时候，她偷偷地赴了另外一个男人的约。

这是个三十岁的男人，时间已经把他打磨成正当最好年纪的青年才俊。说得精确点，就是增之一分则太老，减之一分则太嫩。再老一点就世故油滑了，再嫩一点，又没这么言行举止都让人舒服。

进电梯按住开门键等候陌生人，吃一顿饭先给女方拉开椅子，习惯养成很久，所以极为自然顺手。

他对她说，他的第三套房子在郊区，有假期的时候，躲开那些不想看见的人不想去做的事，消磨一整天浑身都轻松。最好的一点是，他还没结婚。太多私生活乱七八糟的老男人搞三搞四骗小姑娘了。这一点乔熹也明白要用眼睛仔细分辨。

他只是想忙完了事业，再认真娶一个他会动心的女孩。乔熹的年轻漂亮让他动心了。是的，无论如何，年轻就是最动人的优点。

对于乔熹来说，这个男人就像是野外生长了许多年的果实，成熟之际，送到刚好路过的乔熹面前。

要享用吗？可是享用的前提是背叛中嘉。

哦，有一些事情或许还需要补充说一说。当中嘉工作了，乔熹还没有毕业。她交往的都是年级比她高的学长。

如今她遇见这个更好的男人，她动摇了。他们的相遇是在一场招聘会上。这是个大学生很辛苦但又大部分找不到工作的时代。作为招聘主要负责人，他更加富有魅力。

天平失衡

男人面试了她，向她发出邀约。他们的约会是在不同的精致的场所，他也挺守礼。

一连许多天，她很矛盾。在最矛盾的时候，中嘉也毫无察觉，他在赶一份项目计划，没日没夜改了许多遍，加班到很晚回来，胡乱吃了几口饭，倒头昏睡。二十二岁的中嘉说，等到他成功拿下项目成为主力，他将获得一笔奖金，在双方家长支持下足够首付，足够乔熹一毕业他们就结婚。这是一条一眼可以望见尽头的路，路上的平凡琐碎令她恐惧。在年轻的岁月单纯地谈恋爱，最美好不过，但美好向来短暂容易消逝。

站在分岔口，乔熹的手机收到了男人诚恳的短信，你考虑好了吗？我在等你答复。

中嘉失败了，他本来非常接近成功，但最后他被挤出了团队。那个很重要的，跟他的人生计划幸福未来挂钩的项目，交给了别人。公司里的竞争对手也不差，完成得很出色。

遇到这个重要的挫折，他第一次喝酒了，喝得很多很猛，醉得很快很厉害。他的女朋友仍然没找到一份好工作，生活比在学校读书痛苦许多。这一刻他很想一死，可以什么都不去面对。

他更加不知道，促使他个人失败的原因是，那个男人打了一个拜托电话，友人卖了一个面子。先成功的人总有广阔的人脉，他本来可以做得不那么过分。但男人终归是男人，想要得到的心累积了急切，于是要凭借人力来扭曲局面。爱情中的卑鄙伎俩，情有可原。

年轻的中嘉回家了，那其实算不上一个家，租的房子永远无法在心理上成为自己的家。他倒在沙发上迷迷糊糊。

乔熹收拾了一点点自己的东西，走出门。

越来越对比鲜明的两者，天平失衡，滑向该滑向的一端。

奇特的是，她忽然发现，她每走出一步，脚就沉重一分。不远处那辆漂亮的小汽车，在夜色里闪烁漂亮的光泽。是她通知男人开车来接她的。

不是不可以变心。重要的是，变心之后，能不能承受那份沉甸甸的罪恶感。换掉男朋友这种事情，多多少少有一点经验。她已经毕业了，在六月的最后一天，不再是学生，此后的人生必须自种自收。乔熹在心里默默想，我可以。就像当年换了那个不妥协的男孩。

沿着人行道，快要接近那辆车的时候，她忽然折向一家杂货店。昙华林的深处，得胜桥的小店门口摆着一个大冰柜。这是个夏日炎热的夜晚，她忽然很想吃一根雪糕，让自己冷静地再想一想。

她翻找出一款巧克力榛仁雪糕。外包装袋印刷着一句广告词：内有整颗榛仁。

榛子的仁，是榛子的心。后来跟中嘉在一起的日子，所有来自东北的礼物，母亲邮寄给儿子的果仁，通通进了她的肚子。乔熹叹气了。

映　照

好男孩之外，的确一定有更好的。如果遇到更好之外的更好，难道继续换下去？

此时此刻，乔熹问自己，这一次换人跟上一次换人一样吗？想要过舒服好日子的心，能够替换真心喜欢的心吗？

还是无法替换吧，她吃过中嘉的榛仁，她亲手体味过中嘉的真心，他对她好，她都知道。不管选什么都不够完美。人总是越来越聪明。推翻自己，又推翻那个推翻自己的自己。她决定听从自己的脚，让脚投票。

手机响了，她没接。

一秒钟，她熄灭了所有纠结矛盾。她的脚往回走，居然越走越轻快。

当她回到门口，撞见急匆匆正要出门的中嘉。被人生初期的辛苦折磨到面容憔悴的中嘉冲她说，“醒了发现你人不在，你跑哪里去了？我担心得要命，正要去找你。”

“哦，我给你买了牛肉面，当夜宵。”她笑一笑。中嘉一把抱住她，抱得太紧，她只好仰头呼吸，让走道的灯光映照出一脸的金黄。

时间电影院

人群里走散

在特定假日那天，广末去了大学附近的电影院。她要去看那部号称“在世界末日之前温暖你”的电影。

那天下着雨，她还是带上伞风雨无阻。检票前广末买了一份双人零食套餐，坐在第三排的十二号。观众不少，男女老少都有。

不用看完电影，广末也可以确定，人的一生走到尽头，还有人陪在身边，算福报。广末默默吃着爆米花，喝着汽水，突然就把吃掉的东西都吐出来了。比起衰老、潦倒，这世界上最寒冷的是猝不及防的告别。

所幸广末吐到爆米花筒里。当时，男孩给她拍背，广末咳嗽，呛出眼泪。然后男孩递纸巾给她擦嘴，弯着腰轻手轻脚走出放映厅，将呕吐物带走。回到座位上时，坐在广末后面的老人问那个男孩，你女朋友怎么了？

男孩转身看着老人说，她胃不舒服，影响你看电影了，实在是抱歉啊。

老人原谅了广末时，刘德华正在告诉服务员，我像开出租车的吗？我是修空调的。

电影院里有人哭有人笑。广末侧着头深深地看那男孩，将头靠在他肩膀上。散场后，他们在人群里走散。

深不见底的井

顾湘去买零食的那天很拧巴，跟店员为了找零钱僵持了五分钟。广末打给他电话他也没接。

顾湘冲店员强调："要么买十六元的东西，找给我四元。要么一样都不买。"

他已经计算好了，那四元用来给广末买一瓶三元钱的橙汁，给自己买一瓶一元钱的矿泉水。

最后顾湘拿着二十元钱，生气地穿过马路前往另外一家店，回来路上太匆忙，被一辆出租车撞到，零食撒了一地。

广末很想在电话里告诉顾湘，电影快开始了，买不到算了。太迟了。世界如此残忍，过于迅疾，广末措手不及。

在顾湘的葬礼过去很久一段时间后，广末才回到学校，度过剩余的学期。她拿到毕业证和学位证，并且找到工作，没有人再跟她提起顾湘这个人，哪怕是名字。同学和老师小心翼翼绕开广末，仿佛她是一口深不见底的井，靠得太近便会掉入漆黑的哀伤中。

当然，也可以正面去理解，他们只是不想触碰别人的伤口，秉持人性之中微小而温和的善意。

广末很孤独。这种孤独非比寻常，又难以言喻。于是她每周都会去看三场电影，尽量选在没有什么观众的时间段，以及选择第三排的十二号座位。

顾湘出事的那天，他们像所有的情侣那样买了连号座位。然后广末让顾湘去买零食。

蝉的比喻

毕业后广末去了外地，在一家建筑公司做监理。她是工科生，每天跟报表、材料、价格打交道，熟练掌握着一些日常生活中人们用不到的术语，比如喷砂去锈。

广末在友人的介绍下，跟一个比她还小一岁的男生约会。那顿饭吃得很轻松愉快，男生抢着买单，他们还约好了下次去吃地道的重庆番茄鱼。

之后第二次约会，广末更加认真，买高跟鞋，弄头发，化了淡妆。

吃鱼时，男生说很想多了解一点广末，于是广末提到了喷砂去锈。那个大学里主修文学的男生说，我怎么就想起了磨砂洗面奶呢！每次洗脸，都觉得像要脱掉一层皮，跟夏天的蝉似的。

当时广末笑了，这男生的幽默恰到好处。最后，广末主动买了单，从小餐馆出来，跟男生一路步行。

就连建筑配件，也要经过无比惨痛的过程才能蜕变。沙子剧烈喷射在表面，逐一去除锈渍，比喻成蝉，则是极力挣扎，以求新生。广末的心开始隐约疼痛。

莫名其妙的，一路上她和男生都沉默了。路并不漫长，但似乎怎么也走不完，半路男生送广末上车，挥着手跟广末说再见。就这样，他们再也没见了。

既不是男生不够好，也不是广末不愿意跟他交往。广末独自坐在公交车上时，很想哭，但她没能哭出来。

相互驯服着对方

广末认认真真念书，认认真真上大学，认认真真遇到一个男孩，然后认认真真跟男孩交往。

跟顾湘交往到了第三年，吵架最严重的那一次，他们在大街上互不理睬，背道而驰。但是当天晚上，顾湘来约她去看电影。

漆黑的电影院里，广末忽然心头涌起某种悲伤，她无心去看大银幕，而是趴在顾湘的膝盖上，久久不语。

即便是再认认真真去爱，即便恋人此刻如此温柔，也不能保证所有不可知的未来。顾湘用手抚摸她的头发，掌心温暖，仿佛寒夜的炉火，直至广末不再流泪。广末发现自己一夜之间长大了。他们相互驯服着对方，努力使对方变成更好的人。

没多久，顾湘死掉了。迅捷迅猛的死亡带来的冲击，远比平缓漫长的陪到尽头，更加深重。当时茫然，要到事后才缓慢释放出巨大的痛苦。以至于，她甚至无法跟另外一个男孩顺利走完一段路，只走到一半，他们就分开了。

广末的幻想

顾湘死后的第三年，广末回到老地方，又去了那家光谷时间广场的电影院。电影里一个老头吃饭时发现自己戴错假牙，于是跟另外一个老头换回假牙，放进嘴巴接着吃。

广末反胃，吐了。她的“男朋友”在旁边照顾她，但她没能看清楚“男朋友”的脸，那男孩围着黑色围巾，遮住了大半个脸。

她甚至不知道她的“男友”姓什么叫什么做什么，年纪多大月薪多少有没有不良嗜好会不会根本就不喜欢女生。因为她根本就不认识那个男孩，不是跟他一起来看电影的。

电影结束，出了大门，广末就跟那个男孩走散了。可是广末记得，那个男孩的手掌拍在自己背上，如此温暖。

如果真的有世界末日，那么广末觉得自己可以走得更加安心一点。因为她的确在那一刻，被温暖了。不是因为电影，而是因为掌心。那一刻她想起顾湘。

人的心太过柔软，不能用砂子去除过去的锈斑。只能以温水洗涤，细心呵护才可以帮助愈合。

但也许世界上根本就没有那个男孩也说不定，男孩给广末拍背，那个老人问男孩话，都不过是广末的幻想。

生命中最重要的

广末去了南湖的湖边。她在经历了番茄鱼男孩，又经历了似真似幻的电影院男生之后，换了一份靠近母校的工作。徘徊在湖边时，广末在顾湘的忌日，会给他的父母写问安的卡片。

一个背着双手的老太太在湖边眺望许久，然后坐到了广末身边。她打量着广末的面孔，说：“孩子，你看起来很悲伤，好像失去了生命中最重要的人。”

广末只能点头，老人猜对了。

“嗯，我老伴也去世了，就在半年前。几十年了，他总不肯戒烟，被确诊为肺癌，就已经是晚期了。不到两周就离开我了。骨灰，就撒在这湖里了。”

广末说，“那您一定也很难过吧！”

“非常难过。”

两人静默了，老太太伸手，在广末背上轻轻拍打。良久，老太太又开口说：“我本来以为，我只好忍受孤独一个人生活下去。直到学校里外系有一位退休的教授开始和我约会。”

广末静静地倾听着，凝视着她的白发。

“孩子，没人能够忍受孤独，一个人凄凉地上天堂。我们相互陪伴了近四十年，还是没能白头到老。所以，我答应了那个同样单身的老教授，去看电影。看着看着我睡着了，等他叫醒我，电影放完了。出了电影院，他忽然跟我求婚，把我吓到了。作为一个知识分子，他怎么会脸皮这么厚呢？”

“后来您答应那位老教授了吗？”广末被这个故事深深地吸引了。

“你猜？”老人笑了。广末说，“你答应了。”

“那个老头说，有个男孩鼓舞他，他才有勇气跟我求婚。”

“男孩？”

“那男孩明明就不是女孩的对象啊，却一口咬定就是他的女朋友。于是他成功了。就这样，老头被激发了斗志！可惜的是，这都是他告诉我的，我没有亲眼目睹，也不知道是他瞎编，还是真的。”

广末笑了，她说：“我相信是真的。”

老太太微笑：“不管是不是真的，我都答应他了。”

最后的电影票

也许那男孩是个高手，轻易看出了广末的脆弱悲哀，同时也很绅士，懂得体贴怜惜一个女孩，干脆冒充了广末的男友。

广末没有告诉老太太，自己就是当事人。在老太太离开湖边后，她在湖边的长椅上又坐了很久，从口袋里，拿出一张电影票。座位是三排十三号，这是顾湘那天未曾使用的电影票。广末握紧拳头。

老太太离开前的最后一句话，是看着湖说的，“我会好好活下去，也会常常来看你的。”

白色的水鸟盘旋在湖上，时聚时散。失去之人，去往了世界尽头，永不再返来。沉默中，广末仰起头，头顶的云，已经不再是之前的云。

在她手心里，永远失效的电影票，塑封过，保存得完好无缺。广末站起身，松开拳头，晚风刚刚好吹走电影票。

手上青春还剩多少

1

大三的下学期，本地的报纸纷纷预告，狮子座的流星雨将在凌晨抵达武汉。

我所在的大学里到处是公开的邀约，比如晚上要去江滩守上半夜。或者，上某个 K 歌的地方熬夜。我闷闷地在宿舍发呆。

只有情侣们最喜欢这样的浪漫事，我没有这样的福分。陈木俊三天前的话，还在耳朵边回荡。他说，谈恋爱吗？就像是吃水果，我不试过苹果、李子、葡萄、芒果，又怎么知道我到底应该喜欢哪一种？

我不得不生气，我怎么能够不生气？虽然我是如此喜欢他，但那一刻我忽然想起了尊严。爱情也是有尊严的，被爱的人难道就是君主或女王不成吗？我扯掉巧克力盒子上紫色的包装带，将整个盒子摔到他身上。甜蜜的气味滚落得到处都是，再芬芳，也叫人掉泪。我一个人跑掉了。陈木俊没有在后面追来。

午夜时候，我睡得迷糊，忽然被摇醒了。是小友抓着我的手晃悠，小芹菜，快起来，我们一起上天台去。

去天台做什么？我一个激灵，有人跳楼啦？

小友啐了一口，瞎说什么，今天晚上有流星雨，你忘记了吗？

我还真的忘记了。

我的小名里有个芹字，室友们就习惯叫我小芹菜了。

宿舍六楼顶楼，一大群女孩子躺在地上，抱着棉被瑟缩着靠在一起。我和小友拥挤在一个棉被里，我问她："你男朋友没叫你出去一起看？"

太冷了，大半夜在外面会冻死人的。

凌晨三点，东南方向，两到三颗小的星划落，我听到六号楼发出群声惊叫，夜空里的流星似乎顿了一下，哗啦半边天空下起了光芒绚烂的大雨。我发现原来整个学校的顶楼都埋伏着人，男生宿舍楼的男孩们，也在等着看流星雨。

流星群等到最耀眼的顶峰，眼睛开始花了的时候，我的周围都是手机的声音，以及缠绵的对白。在同一个夜空下看过同一场狮子座在凌晨的流星雨，这就是爱情。

结束后，我慢慢走下楼，因为小友还没和她的男朋友聊完。上了床铺，我丢在枕头下的手机显示，有一个未接电话，一条短信，来自同一个人。

2

你跟我是怎么恋爱的？我常常问陈木俊这个问题。显然，每次这个问题都叫他犯傻。其实我们大一就认识了。他宿舍里的兄弟，爱上了我宿舍里的姐妹小友。我曾经陪伴我的姐妹小友，登门考察过。

我和陈木俊点头问好，相互认真打量过，彼此套过话。但就是没任何感觉。青春如白日一样，最是容易流转而过。

转眼大二的时候，我肩负吵架赌气的小友任务，将一封“分手信”送到她的男朋友宿舍。那天是圣诞节前夕，陈木俊在台灯下忙着做一件礼物。那礼物很漂亮，一看就知道是揣摩了女孩的心思买的。他旁边是剪刀、小装饰物品，一样一样堆上礼物，成品出来了，在灯光下熠熠闪光，让人怦然心动。我站在旁边看了十多分钟，他没察觉，我问，“是给哪个女生做的？这么认真。”

他似乎做累了，靠在椅子上满脸无可奈何：“是中文系的阿雯，这是最后一次了。她总是拒绝我。我不愿意纠缠她了，只要她开心就好。”他的眉目，格外清晰起来，只开了台灯的房间里，也明亮了。我说，“你真是个好男孩！”

这样的男生，现在还有多少呢？我眼光虽然高，一贯冷漠，心里突然被什么触动了。月光凉如水，出门后，我的胸口还是荡漾着异样的感觉。我低头笑了，是的，我的爱情来了。

3

新学期开学后，我辗转通过小友和她的男朋友，得到消息，陈木俊最后一次被拒绝了。很是奇怪，他各方面的条件都好，怎么就老被女孩拒绝呢？

我吐出一口气，全身轻松了。我说，“我们两个寝室关系好近，老是帮你传信，干脆联谊得了。”小友一听，表情古怪地看着我。

“你是怎么了，看着我不说话，我又不是你的亲爱的。”我纳闷地笑了。

“正巧，那边寝室某某同学也提议呢！老实交代，你是不是有什么动静了？我们这群姐妹，只有你眼高，还是女光棍呢！”

我举起手，像美国总统就职宣誓一样，“这样啊，我发誓，我绝不拖女生 405 宿舍的后腿，早早完成任务向寝室长小友汇报。”大家捧着肚子乐成一团，从来没看见小嘉这样不严肃过。

爱情就像四月从南方吹来的风，久为冰冻的心，也被温暖融化。心里融化了，人也就开朗了。我察觉到自己变了，这个时候，我收到了陈木俊的约会邀请。

我如约而至。我很意外，他并不是一个一味痴情到固执的男生。跟我在一起的时候，我整天被他的笑话逗得抚摩肚子，只是快乐，只有快乐。

到了繁花成荫的夏天，我第一次掂起脚，吻上一个男生的嘴唇。就在图书馆后面的广玉兰下。他说，“等我们毕业，我来娶你。”

我说，“好，我一定等到那时。”

4

我始终没有机会，等到毕业嫁给他。

我很后悔，如果那天不是贸然冲进陈木俊宿舍，就不会看见周靓颖，他们亲密的情景。我醋劲上来了，口不择语。他气冲冲地说了许多话，其中就包括我不能够忍受的“恋人水果论”。

就是那年，报纸新闻说，狮子座流星雨将临，情侣纷纷相约去看，引得学生们也心痒痒。我想，他应该趁这个机会约我，然后道歉，我们就和好，就当一切没发生。

可是，那天晚上在六楼看完流星雨回去，我收到的短信说：“我已经找到了自己真正喜欢的女孩。你不要再来找我了。”

我还会去找他吗？我是有尊严的。

我对自己说，但是枕头全湿了。看完狮子座流星雨的女孩子们，都疲倦地睡觉去了。她们睡得很香，有人讲梦话了，都是甜腻情话。只有我自己知道，我怎么睁着眼睛，看天花板到天亮。她们说，你看你，熬点夜就眼睛红肿如核桃，真没用。我笑笑，收拾一下自顾出去了。

5

一年后，我再次回到学校，经过系办公室，认识我的辅导员老师叫我，“是郭嘉吗？”

我回答，“是啊。”

“你怎么有机会回来了？”

我说，“我已经落在广州工作了，可能以后就留在那边了。今天回来办理户口转移手续。”辅导员老师点头说，“好，是好事。这里还有你的一些信。毕业生走后，一两年内常常还有信件，你有在联系的同学，就和他们说一下。”

我点头，说再见。抱着一堆书信离开，坐 52 路车回宾馆。挑了个靠近垃圾桶的座位，看一封处理一封。看到最下面的，只有三个字署名，时间是最早的，陈木俊给我的。

他的字仍然好看：“我追过很多女孩子，却只谈过一次恋爱，就是和你——郭嘉。她们总是说我这个人不算帅，但油腔滑调不老实，没有安全感。只有你，是第一个说我认真的人。我总是想，女孩子就跟水果一样，不尝试许多滋味，怎么知道最适合自己的是谁？但认识了你，我不这样看了，爱情并没有那么多的道理。那天跟你说了，我就后悔。我第二天，就正式拒绝了周靓颖。我打算等流星雨那天约你出来解释。但打你电话没人接听。

周靓颖又来找我，我出去躲开她。后来你就不理睬我了。

直到两个月后，我清理手机，才发现那天她拿我的手机发了一条短信。你看了这封信，就明白了。

太迟了。虽然他在毕业前写的，我却没收到。

信来得迟了。我在车上，拿手机打遍所有可能知道他情况的同学。

6

那次之后，两个月我没找他，他没来找我。他也许还以为只是冷战。我也在心里，给这段感情做了判决——分手吧！我换手机号码，大四上学期我找了工作，直接过去广州的一家公司试用。回来，已经是五月，办理毕业手续，我没遇到他，也许他也忙着找工作。

他写那封信的时间，我再次离开了。我在列车上告诉自己，永远不回学校了。谁会想到还会回来？旧伤淋漓流血，我想新恋情也许是最好的药粉。在广州的公司，我认识了易远良，一个高大英俊的男孩。他和陈木俊一点不相似。我怕一点相似也会勾起对他的思念。

易远良很好，脾气温和，对我也好。一个人在孤单的城市，我和他同居了。一年的磨合，见过家长，我们就订婚了。因为催促我落户广州，我回学校办理手续。

冥冥中的一切，仿佛注定。如果我不离开，不想找新感情，就不会认识易远良，就不会订婚，就不会回学校，就不会看到信。

在公交车上我打爆了手机储存的几百元电话费。一直问到小友的男朋友，说，在一周年同学会上，看见他和他的老婆了。

错过，就是相隔天涯。我仿佛看见毕业离开的那天，忧伤的他，失望地等不到回信和消息。终于发誓，彻底忘掉我。

7

日子如流水，时光悠悠，青春渐老。

一天我上班时，鬼使神差地，在网络上搜索陈木俊的名字。网络上居然有那么多的人和他同名又同姓，但只有一个才是让我曾经在繁花成荫的夏天，坐在水池旁边心口绞痛的“陈木俊”。

那个名字下是个人博客。简单的日志里，最上面一篇是这年5月17日的记录。内容是一首歌的歌词，大段地抄录一首歌——《那年的情书》。

我戴着耳机，猝不及防地闯进来音乐声：

> 手上青春还剩多少，思念还有多少煎熬，偶尔清洁用过的梳子，留下了时光的线条……回不去的那段相知相许美好，都在发黄的信纸上闪耀，她是青春失去记号，莫怪读了心还会跳，你是否也还记得那一段美好，也许写给你的信早扔掉……

流水它带走光阴的故事，彻底改变了两个人的命运，听到最后一句，“这样才好，曾少你的，你已在别处都得到”。我的眼睛停留在博客上的一句话，“给我心爱的郭嘉”，很久。我轻轻摘下了耳机，因为眼泪已经充盈了。

我就在心里说一句，再见了。

我曾少你的，希望你也已在别处都得到。

枥木之恋

分　手

小枥跟智化吵完架提出分手的下午，经过海鲜店门口，一个食客正在劝他的同伴说："人不能饿着肚子追求理想，吃饱吃好趁早回去加班。"

只要能表演，让我天天吃炒饭也愿意，小枥当时跟智化如此说。智化眼中满是痛苦，你就不考虑我们的未来吗？表演能当饭吃吗？你听听别人说的话。

吵到最后，智化转身就走，小枥跟他背道而行，消失在街道尽头。如果换成从前，智化会在她扭头抛开三百米时就会赶上来。这一次小枥彻夜未眠，等到天亮都没有讯息。之后的日子，天一亮再亮，小枥不得不饿着肚子，痛苦地去话剧团安排表演的小礼堂。

表　演

琥珀话剧团成立了四年，大栎在大二那年被招进去。因为优秀的剧目，拿到了市级、省级许多的大学生文艺奖。毕业一年后，话剧团为了生存下去开始到处接洽商演。三十几名团员缩减到十二人的固定小团体，接一单八百块，平均分下来小枥只能拿到七十元。

他们排练的常用剧目叫《世界尽头》，当末日来临那天，万物面临灭绝，一群人类身穿白衣白裤，赤着脚回忆各自一生之中最美好的光阴。小枥将头发留到齐腰，只在尾端绑两条橡皮筋，脸色苍白，站在最前面，一言不发，伸展四肢，做出被抱紧的姿势。接着那些孤零零的个体，开始相互拥抱，消减恐惧哀伤。台下总在漫长的静默后掌声如雷，他们被感动了。

看表演的都是些大学生，买得起十块钱一张的小众话剧的门票。但是表演的人已经毕业了，买不起一万多一平方米的房子。

为什么我们不能一直租房恋爱呢？为什么爱情和面包总要变成天敌呢？为什么智化再也没有来找我呢？小枥很困惑。她只想过自己要的生活，站在表演台上永远沉浸其中。然而人的肚子会饿，每天吃了没多久，又饿了。

小枥和智化在城市边缘租了一套最小最便宜的屋子。智化早上去公司上班，小枥就去附近的拉面馆打工，每天黄昏时去洗刷碗筷，右手接过的钱刚好付了左手交出去的房租。智化则负责日常开销和存钱，社会怎么前进，买房子总是男孩的职责。

吵架后智化再也没有回出租屋，小栃只能自己撑下去。不料拉面馆开了没多久倒闭了，小栃就失业了。靠琥珀话剧团的那点收入，她只能天天吃泡面，房东要她搬走的那一天，她吃掉了最后一包面，悲哀地想，也许自己吃多了防腐剂，最后也变成化石。琥珀，本就是牺牲一个微小生命凝固美好的化石。那时候她就名副其实是琥珀话剧团的女主角了。

感动过很多观众的小栃，就这样失去了智化。在她肚子最饿的时候，没人带她去吃饭了。在学校时，她是会表演，形体内外又美又纯的女孩。毕业后，她是可耻的，脱离现实的寄生物。

人生到此，还能如何？世界还没有到末日，小栃的表演生涯已经到头了。在出租屋里，小栃收拾物品准备滚蛋时，绝望地哭了。这个时候她多么希望智化在身边，给她一个拥抱。

没有拥抱，她接到了一个电话。

炒　饭

卖拉面生意不好，准备结业的老板，改开炒饭店。炒饭店也有很多盘子、叉子、汤匙要洗，老板给小栃打电话，小栃柳暗花明了。

独自生活的小栃，尝试主动给智化打电话，对方已经变成了空号。小栃也尝试在这条小吃一条街兜兜转转，扇贝、花甲、章鱼丸子、炸鸡、煎包、水饺都在，智化不在了。尤其是，他们常常光顾的炒饭店，变成鸡排店。这些做小生意的店铺，总是在交换行当。正是因为那家不炒饭了，所以小枥服务的拉面馆才改炒饭店的。

但在物价飞涨的年代，人力成本也在涨。炒饭师傅提出涨工资，老板不答应，师傅就罢工了。

老板一咬牙亲自上阵，遗憾的是，他就是炒不出师傅那个味道。生意热门到冷清，只是转瞬间。

那天晚上，小枥戴着胶手套洗完所有的盘子、汤匙、叉子，炒饭店就只剩她一个人了。绝望的老板负气撇下店子，回家睡觉了。厨房那些材料们，在锅子旁边出师未捷，空悲切。

灯火通明空余一人的店子很安静，小枥很饿，想吃东西。她决定给自己炒一个饭。开火，倒油，加热，将那些洋葱、蒜片、姜末、豆豉、红椒、青椒爆香，挖一大勺隔夜饭，挑入五香粉，拍开压散，翻炒搅拌，搅拌翻炒。锅子里五色斑斓，沸腾热闹。双手忙碌，沉默不语的小枥，在那一刻想起了周星驰。

食神周星驰只用一碗黯然销魂饭，便打败了佛跳墙。饥肠辘辘的小枥没有火云掌手心煎蛋，她只会将炒饭扒开，在最中央再倒下一点芝麻香油，浇下蛋液，撒下蘑菇、香肠丁。

炒饭初熟，香气沁人心脾。深夜，嗅到香味而停步的男孩说，他要一份打包带走。这是今天的最后一个顾客，她没能拒绝。小枥一声不吭把炒饭一分为二，装好给男孩，剩下的自己吃。

不知道从什么时候开始，这世界如此沉默寂寥，饭会黯然销魂，那炒饭的铁锅想必也明白寂寞。

孤独的人呢？

错　过

顽强活了五年的琥珀话剧团，在新年后解散。团长去银行上班了，清瘦的男主角结婚了，只用了一个季节的时间，就在搞大老婆的肚子时，也搞大了自己的肚子，失去看相，再难登台。其他团员各有各自人生，因缘际会只在一时。小栃没去吃散伙饭，她受不了为了告别的聚会。

离开炒饭店之后，小栃去了南方。

南方一直在下雨，小栃打伞带客户看楼，看一趟全身就湿一次。小栃穿套装，剪短头发，化精致的妆，起初不自在，久了就习惯。慢慢地，做售楼小姐的小栃存到了她人生中第一个十万块，她想给自己买一套小房子，或者找个安稳的男朋友，尽快生一个孩子。

她真的就在当地认识了一个男孩，先是约会吃饭，继而看电影和在黑暗中接吻。当他们开始谈婚论嫁的时候，小栃想起了自己搞丢了的户口迁徙本。她回母校重新办理。

回到学校花了三天跑完手续，然后，她去了曾经和智化一起租住的地方。令她瞠目结舌的是，那里不再是破落廉价的城中村，而是新建的小区。她在熟悉的车站站牌下，拎着背包发呆了很久。二十四岁的小栃，黯然地上了公交车。

在她乘坐的公交车开出后，一名男子冲出站牌背后的蛋糕店，狂奔追赶，结果在躲闪一辆自行车时，摔倒在旁边的行道树上。骑车的大婶慌了，问男人有没有事，他摆手说没事，让大婶先走了。可他久久无法爬起身。

二十六岁的智化靠在行道树上浑身无力，两眼酸热。分手那天，他来不及悔恨，就赶往了医院。就在那天，他的父亲感冒输液的时候猝死。坐在医院急救室外的走廊地上，他也是这样久久爬不起来。

智化的父亲下葬时，一个老人在旁边看望去世多年的老伴，智化送走了母亲，又折返回来默默流泪。那老人还在，这样劝慰他："孩子，痛苦总会过去的。"

在这个城市一日之内失恋、丧父，难以承受痛苦的智化辞职了，跑去了北方。当心中的痛苦终于平息，智化再想联系小栃时，他已经联系不上人了。一条人命，医院赔偿了十九万，智化用这笔钱，加上继续工作的积蓄，付了首付，买了房子。那是一套足够一对年轻男女建立家庭生活的两居室。

他确定那个背影是小栃，他甚至看见了她无名指上的戒指，智化很想告诉小栃，他在等她，就连房子也买在原来的地方。此刻他终于承认自己的一厢情愿，他已错过她。

智化哭出来，不管不顾路人的冷眼旁观，泪流满面，保无保留。

茫　然

人生中你忘不了的人和事物，永远都不会忘记。他们只是被压缩、收藏，封锁在内心最深处。然而，一旦打开，便如火山复活。

小栃还去了那条街。这里同样在进行城市改造，老街区拆迁，大半个旧街摧枯拉朽化为废墟，还有小部分店铺仍在坚守，不到最后一刻不撤退。小栃发现她工作过的炒饭店老板还在。老板认出了小栃。

你知道吗？你第二天就不来了，电话也关机了。可是第二天好几个女生来买炒饭，她们说吃到一份有生以来最好吃的炒饭。于是老板又恢复了信心，给师傅加薪重新请他回来，勉强维持下去。但是无论炒饭师傅如何操铲，都做不出那味道，有个女生读研留校，至今念念不忘，隔一段时间来问。这事太神奇了，老板一直想当面问问小枥怎么做到的。

同样的地方，还是那些材料，甚至连锅子都没换，只是更旧了。小枥再炒了一份饭。老板叫来了那女生，连同小枥，一起分吃了她人生中的又一次炒饭。

吃了那份炒饭的人，意见一致，很难吃。小枥只吃了一口就放下了勺子，心里无限茫然。

枥　木

再难吃，也是自己炒的。小枥打包了那份炒饭，一个人去了长江大桥。在到达之前的一路上，靠着公交车上的车窗，小枥摇摇晃晃睡着了。

不过，小枥，你真的睡着了吗？你没有。你只是闭着眼睛，默念着你记诵过的诗：“我心灵的深处有什么正在发育？是仙人掌熟透的荒野吗，是还未满月的小小的独角兽吗？是未被制成小提琴的枥木吗？”

智化曾问她，你名字里的枥是什么木？枥木是富于韧性的木，被切开、被割裂、被打磨，苦痛加身，尔后制成小提琴，奏出美妙音乐。人生、爱和枥木的命运并无二致，妥协、分离、告别，都能对应上。

爱好小提琴却当了小学语文老师的母亲，背叛了自己的心，所以为女儿这样命名，寄以厚望。这不能承受之重，在时代浪潮里，变成格格不入的愚蠢信念，毁了她最初的爱情。然后做着不喜欢的工作，嫁给可爱可不爱的人，过着可过可不过的生活。

在桥上俯瞰着江水逝去，她打开饭盒，一口一口吃起来。直到一个男孩朝她走来，停下脚步。

悲　伤

这男孩主动搭讪，说，“看见你，我想起我的一个朋友了。”

“是吗？为什么？”

男孩说，“我的朋友，有一个深爱的女友。他的女友曾经深夜肚子饿了，要他给她买吃的。于是，我那位朋友就翻校门，去一条小吃街找了很久，但店子都关门了。最后有个女孩在炒饭，我的朋友买了一份打包，送去女友那里。那个女孩宿舍的人，分着吃了，她们说，那炒饭的味道极为难忘，至今怀念。”

“后来呢？”

“后来他们分开了。我的朋友留在本地工作，他的女友嫁给了一个条件不错的男人。我的朋友很痛苦，觉得再也活不下去。所以，他在一天早上，选择了来这里，跳下去。”

小栃笑了，她为自己吃惊，居然能够如此残忍地笑出来，“所以你下班总会走路过桥，怀念你的朋友吗？”

“嗯，你猜对了，是怀念也是警醒。我之所以要跟你说这些话，是因为我觉得，你不应该吃东西时流这么多的眼泪，否则世界上那些饿肚子的人该怎么办？你更加不该脑袋里想着从这里跳下去。你看你，吃得那么香，这下面的江水很冷，如果来不及把你打捞上来，你就再也吃不到这么好吃的炒饭了。”

“你又怎么知道它好吃呢?”小枥问这个男孩。

“我那个朋友，在送炒饭给女友的路上，偷吃了一勺。他说，那是他吃过的最美味的炒饭。他就不恨那女孩了，他决定记住那女孩，祝福那女孩，然后，重新去爱别的女孩。”

“他不是死掉了吗?”

“他死了以后，我就活过来了。”

看着这男孩的眼睛，良久，小枥对他说，：“谢谢你，我也祝福你。再见。”

她走在夕阳下的大桥上，这大桥横跨国境之中、亚洲以内最长的江，忽然不再觉得悲伤了。

与此同时，智化看着日落，直至不再流泪，在至深的哀伤洗礼后，胸中所涌出广袤的平静。痛苦总会过去，在暮色四合中，他自己站起来，转身回家……

叶萍　摄影

青梅竹马

1

年轻的时候，江河的世界只有李央。他们两家人是邻居，从小玩到大。

亚热带季风吹过汉江边上的小城，光照充足，入夏炎热。无所事事的孩子们，到处抓金龟子。这种昆虫和野蜜蜂差不多大，一身麻黄色，善于飞行。

被活捉的金龟子，江河稳稳捏住，拿一根细细的竹签顺着它的背部扎进去。那可怜的昆虫因为剧烈疼痛，不停振动翅膀，作残酷的死亡之舞。有人用来取乐，也有人用来示爱。

在金龟子拼命挣扎扇动翅膀的时候，李央享受到一阵清凉惬意的微风，她闭上眼睛，脸上无声无息地泛出微笑。为了这笑，江河愿意为李央做任何事。哪怕是像课外书上印的故事，为了喜欢的美人妃子，国君烽火戏诸侯，何况是折磨几只昆虫。

十五岁的小城少年，并没有意识到，近在咫尺，又遥不可及的李央，也是他后背上的竹签。

李央心中有一块田，积有千堆雪。

2

李央去了城市江边。宽阔江面横着渔网和乌黑的小舟，风吹荡漾。还未开发的时代，保留着天然美景。几千米之外，就是小城市最繁华的地段。

几个骑着自行车的男孩，来到江边。

他们小心翼翼避免弄脏白球鞋，卷起衬衫袖子和深蓝色裤子，握住撑杆，留一个同伴在岸边举起黑色的照相机。他们在摆拍。

拿照相机的男孩戴着手表，日光反射过来，李央挡住自己的眼睛。

“来，一起照。”斜挎照相机的男孩伸手，李央抓住了那只手。距离很近，她看见照相机的牌子叫奥林巴斯，这比江河家的凤凰牌洋气太多。

城市玩摄影的少年抓住女孩的手，气定神闲，全无羞涩。他们说说笑笑，谈论当下最新的电影，莱昂纳多和海洋之心。

那个下午的阳光灿烂，整个江面明亮无比。在光芒中，李央忽然觉得自己是一块田，积了千堆雪，日出就全部瓦解。她晕头转向，如同做白日梦一般，两脚迈出，跟着迷人的男孩脱离了群体。

找不到女主角，江河的表演被砍掉。他找遍了整个小镇，不见李央的踪影。他多么想告诉李央，你不能再逃课了。

在经济不发达的城镇，考不上大学的女孩子，大多数去了沿海城市，在服装厂令人晕眩的白炽灯下，眯起眼睛裁剪衣服。或者留在当地飞快嫁人生子，看家做饭，垂垂老去。

这样的青春，毫无意义，只有剩余价值。他知道李央的家境，他们家面对面做了十几年邻居，门口种下的小树都已参天。

校庆结束后是会考，过了会考就能拿到一纸高中毕业证。李央出现在食堂旁边，她拎着凉鞋，在水龙头前哗哗洗净两脚。

江河最后问李央："考不上大学你怎么办？"

这个问题李央也问过黑石。

"那就开个照相馆！你当我的模特。"黑石漫不经心搂住李央。这是截然不同的人生，江河无法匹敌。

从小玩摄影的男孩，发表过摄影作品，还得过奖，更把李央印在了报纸副刊上。家有富余的钱，黑石要去中国屈指可数的大城市。

辗转在火车上，李央紧紧抓住黑石的手臂，欣赏车窗外的郊野湖泊、树林和山峦，以及铁路沿线新兴工业城市的高楼大厦，像睁着眼睛做了个令人惊奇的梦。

没有多久，1998 年的盛夏带着隐约的狂躁来临，气候反常，人们坐立不安。电视和广播里字正腔圆播报新闻，长江流域多地水位越过了警戒线。

谁也没想到，洪水来得那么凶猛，摧枯拉朽。

3

故乡被淹的江河，不得不爬上最高的树顶，低头俯瞰，苍茫汪洋。有人吼着救命，有人大难临头还抓着电视机不舍得放手，有人抱着自家的黄狗一起被淹没，有人被冲走。只有两三岁的孩童不知恐惧，坐在大木盆里随水流飘荡，咯咯发笑。

水边长大的孩子水性都不错，江河第一时间救出隔壁的老婆婆，拉着瑟瑟发抖的老人家爬到屋顶，回头转向李央家已经来不及。

后来纵横肆虐了半个中国的洪水终于减退，江河回到了自家的房子，他家地基扎实没有倒下，但是值钱的东西都没了。

在夜里幸存的居民此起彼伏地哭，哭累了，变成呜咽。还好，江河父母在外地打工，家里只有他。

换掉泡得稀烂的背心，擦干身体，江河平躺在地板上，就着矿泉水干啃泡面，瞪着眼睛看满天的群星，他在想，被洪水卷走的屋顶，不知道去了哪里？

他还想起了李央，为她庆幸。

4

在黑石渴望的通往大师的路上，充满了模仿。李央厌恶的名单也不断随之拉长，神经质的荒木经惟，压抑的法斯宾德，古里古怪的达利……她不喜欢那些外国人，害她总是一丝不挂对着镜头。

唯一的例外是个叫瓦尔达的老太婆，拍的东西有种难以言喻的绵软悱恻。一堆土豆里，露出一张笑脸；碎石头堆叠出坟墓，上面开了几朵小花。这些让李央想起自己被洪水淹没的故乡和死掉的亲人了。

她署在杂志上的摄影人物名，起初叫云梦，到了上海，变成乔莉。然后她又去了西藏，再回北京，改叫央泽兰。像所有改头换面的女明星一样，改名换姓的央泽兰，更容易引发雪域朝圣的空灵联想。

她是一件优美的道具，黑石根据不同潮流为她命名，换来名气和钱。

黑石去拍别的模特时，李央在租的房子里专心洗碗，抬起头时，她看着玻璃窗里自己的影子，愣了几秒，不知不觉，去过许多地方，不知不觉，十年过去。

她用手指沾水，在玻璃上写出歪歪斜斜的两个字，李央。

简单，平凡，吻合她这样读书差、字也写得不好的女生，只念完高中，就跟着她仰慕的男生走了。离开故乡时，男孩对她说，我是你生命中的黑石，闪耀与众不同的光泽。

这种透骨入心的自恋文艺腔，曾经让还是少女的她欢喜颤栗，仿佛自己从此成为传奇，脱离生活的尘土，去过最好的生活。

5

李央只用了一个小时就收拾了衣服物品，打车去了火车站，在黑石外出拍片之时。她要离开他，彻彻底底地。

找到江河不难，江河连本省都没有出，念了省内的大学，就在江城市内找的工作，买了学校附近的房子。

江河没问李央，这十年她都去哪里了，做什么了。

他买了很多材料，在家里做了十二道菜。在他们家乡，招待贵客的正式宴席就得这么多道。

然后他们一边喝酒一边吃。李央蹲在椅子上回忆，“你还记得吗？小时候你捉金龟子给我。”

“我记得。那些昆虫挺可怜的，不过死得其所。”江河回答。

“我还得谢谢你那时候帮我，冒着作弊的风险，会考给我送答案。”她不断回忆。

“会考而已，谁不作弊？”江河微笑。

“但你是文科第一啊。”

江河点头不语。

半晌李央又问：“你房子都买了，什么时候找个女孩结婚？”

“正在找。”

“找到通知我，我会送一封很大的红包。我以我的右胸发誓。”李央摸着胸口说。江河呵呵发笑，“好吧，你真像个女流氓。”

“是吗？来，再走一个。让我这个女流氓敬你这个文化人。”

他们消灭了所有菜和啤酒，实在太撑，一起去阳台躺着消化，兼顾乘凉。

此刻刚好停电，远处高楼里有人点起蜡烛。暗夜中，江河想起了少年时代，他常常打开窗户，眺望对面楼房的灯火。

6

李央说：“你手艺真好，可以开餐馆了。”江河来不及回答，李央就换了话题：“你想睡我吗？”

江河见过她的裸体，在印刷精美的艺术画册，在摄影师的博客，纤毫毕现。也许搞艺术和耍流氓本来就是一回事，江河心想。

李央抱住江河的脖子。

曾经连手都不敢碰一下的女孩，现在却可以轻易睡到，江河翻过身，压住李央。

她追随了黑石十年，整整一个年代，他们文艺青年的小圈子，是这么标记熟人的，这人我睡过，那个我没睡。随心所欲，万事迅速厌倦。

江河沉沉睡着后，李央轻轻穿好衣服。

彻夜无电，整片城区陷入长久的黯淡，直到灰云散开，月亮在头顶低悬，像一头白色的老虎，与李央静静对视。

喜欢李央的，李央喜欢的，她都睡过了。世上有些东西一旦重逢，就不复存在。

7

李央蹑手蹑脚，离开江河的家。她在街头游荡，直到天亮了，在街头找到一家理发店，随手指了一位理发师，剪短头发。

这个理发师勇敢地找她要电话。遇到漂亮又有气质的女孩，一定要抓紧，因为机会稍纵即逝。

李央告诉了他号码。他以为接下来，可以跟这个女孩，一起看电影吃饭，很快就出双入对。可惜，号码数字没有少，但打乱了顺序。

李央已长大，不再盲目。那一次少小离家，千里之外狂热渐冷，本能惊醒，她想回家了。

她想念她的故乡，想念父母，想念那个对她完全痴心的男孩。太迟了，她无家可归了。洪水带走家人，留下她。再往后江河考上好大学，人生分道扬镳。

他对她那么好，但保守少年没勇气表白。她享受他的好，却不肯认账。她还那么年轻，不甘心平淡无奇一生到老。这中间她迷上别的男孩，跟他走掉了。匆匆忙忙，十年就没了。

如果当年没出走，她应该会和江河一起遭遇那场百年一遇的特大洪水。

滚滚洪流里，江河会极力朝她家游去，他会拉着她的手，穿过波浪，带她逃出，在最高的树顶彼此抱紧。一生之中，有过那么一个青梅竹马、同生共死的人，就再也没什么会迷惑她。

她将继续飘零，直至尘埃落定。

我不比南风更寂寞

1

黎秧上大学比上班族还忙，周末去打印足球比赛的活动海报，平时整理每个人交上来的学籍资料，期末了把成绩单塞到白色信封。原因很简单，因为怀托摩是班长，而她是班长的女朋友。

作为一所师范大学，这里的男生反而更加珍稀。

黎秧把准备工作都做完了，这样怀托摩在开班会的时候就显得很用心。怀托摩还是学校足球队队长，以前他踢球，他的女朋友要去喝彩当啦啦队。现在黎秧主要是在图书馆客串他的小秘书。

此时此刻，怀托摩在学校操场上踢足球，应该又赢得了几声喝彩。

黎秧还要顺带温习自己的功课，在考试前把缩略笔记给男朋友快速参考。

温习到厌烦时候，她把大叠用笔记本撕扯下来的纸、印刷有学校题头的信纸、专门用来写报告的B5的打印纸，翻过来盖在桌子上。连足球队的出战宣言，也由她归纳。女生给男朋友做点细致活好像天经地义。

最后一页的背面是一手清秀好字，全然手写，信笔涂鸦的架势。

> 我并不比一朵毛蕊花或牧场上的一朵蒲公英寂寞，我不比一片豆叶，一枝酢浆草，或一只马蜂更寂寞。我不比密尔溪，或一只风信鸡，或北极星，或南风更寂寞。我不比四月的雨或正月的融雪，或新屋中的第一只蜘蛛更寂寞。

外国诗人感怀一派田园风光的情绪，却变成黎秧百无聊赖寻找的小乐子。她一个人发笑。然后念了一遍，还是忍不住发笑，笑着笑着就翻过来看。

是蒲公英还是自己寂寞？

是叶子和草和昆虫孤独，还是怀托摩的女友更孤独？

不知不觉，黎秧闻到一阵桂花的气息，湿润而浓烈的香味。

怀托摩是新西兰有名的萤火虫洞，美得不可思议。男友说会在毕业后结婚，旅行时带她去看。黎秧就改口一直叫男友怀托摩。

2

一个大男生被人看见了自己抄写在废纸背面的话，多少有点尴尬。

在第三学生餐厅相遇时，黎秧有意无意提到这个笑料，大卫尴尬的样子表现为一直低着头。黎秧就更加想笑，“喂，看不出你心思这样细腻啊！”

“哪有，在图书馆看书的时候顺手抄写的，就是觉得念起来很有味儿。”大卫说。

这也就是间接在说小宣言也是在图书馆里寻章摘句抄的。黎秧把从笔记本子上撕下的纸还给大卫。他再看一眼黎秧，说，“我认识你，你是队长的女朋友。”

大卫也是校足球队的。

足球队员和足球队员是不一样的。有一阵子黎秧还以为所有校足球队的男生，都一身臭汗，面目可憎。

怀托摩早在入学军训未结束时，就把她给拿下。这个词后来怀托摩当着他的哥们也照用不误。嘿，我在她面前进了三个球，打横一把抱起她，就成了。一分钟拿下。

黎秧得承认，看着额头满是汗骄傲又兴奋的足球队队长下了场，惘顾其他女生的尖叫和殷勤，直接满足了自己的虚荣，确实拿下了她。然后，给他递上温热盐水，送上白色毛巾，甚至洗满是男生荷尔蒙气味的球衣，她都是心甘情愿的。爱运动的男生，身材很棒。

大一以后，满世界都知道她黎秧是怀托摩的女朋友。

3

夏天怀托摩带着球队跟隔壁的理工大打比赛，棋逢对手，好不容易险胜。他吆喝着一起去小餐厅吃烧烤喝啤酒庆祝。他请客，携带黎秧。

混杂在一群男生中间黎秧觉得很不自在。男生们明显想放肆又没敢彻底放肆。挨个客气地跟黎秧敬酒，然后怀托摩一一代喝。他们纷纷喊她嫂子。

这样就更加衬托得场面热闹，倍儿有面子。黎秧对每个人赔笑，自己还是只喝果汁。

这当中只有大卫默不开口。轮到他，也只是举一举杯子，慢慢咕隆完一杯。怀托摩推开杯子，揽过大卫的臂膀，很义气地说，“嘿，你怎么不喝？一点也不爷们。”大卫看看怀托摩，再看看黎秧，只说了一个字，干。他们就干了一打青岛啤酒。

然后怀托摩明显醉话连篇起来，看不出你小子场上不错，酒量也不错。大卫仍然是默默灌酒，活像是无底洞一样。最后离开饭桌，两个人一起滚落地上。

在滚落之前，大卫说，“别喝了，我输了，再喝该胃出血了。”

4

中文系的大卫和法律系的怀托摩是不一样的。就像是足球队队长怀托摩和足球队队员大卫是不一样的。愿意给别人面子的人，和一定要给自己面子的人也是不一样的。

那一瞬间黎秧忽然想起了塞林格的自白：“一个不成熟男人的标志是他愿意为某种事业英勇地死去；一个成熟男人的标志是他愿意为某种事业卑贱地活着。”

她一直观看着，全程观看，毫不劝阻。很多事当事人骄傲而迟钝。而旁观者手握天秤，锱铢必较。

天平已经倾斜，但有些人看不见，因为这倾斜静默无声。比光明正大更具诱惑的，是隐蔽藏匿的爱。

秋天怀托摩不再出现在足球队，大三之后就业跟考研变成两座大山。他的班长职务也歇了。最为搞笑的是，那年他的体育课没及格。在辅导员办公室外，黎秧听见精彩的对白，“传出去不是笑话嘛，堂堂校足球队长三千米居然没及格。挂科了我还怎么推荐你保研?”

黎秧在门外听见怀托摩解释，“因为上午脚痒忍不住去踢球了，结果下午……”

旁边还有别的男生在插科打诨：“是不是晚上跟女朋友玩得过头了哟?”

黎秧忽然觉得恶心。

后面的黎秧没有听下去，因为她走到对面相邻的文学院，仰头看见了红纸黑字的喜报，其中一条是大卫同学获得校职业规划比赛二等奖。怀托摩出来以后冲她说，“你在看什么?我们下午去体育老师家吧，只好给他送点礼了，有一科不及格不好办。”

晚上从教工宿舍区出来，风一下一下吹掉黎秧的眼睫毛，很刺眼。她在泪眼婆娑之前说，“我们分手吧!”

怀托摩在愣过以后，骂了一句：“我×，你说什么啊!”然后他开始气急败坏。黎秧不想解释自己流眼泪是因为睫毛掉进眼睛了，如果这样能够让怀托摩好过一点，也无所谓了。

5

黎秧准备了许多话告诉大卫，比如为什么要分手，“因为我感觉喜欢你。为什么喜欢你，因为我喜欢你的细腻喜欢你的沉默，喜欢你照顾他人的处境与想法。所以如果你不介意背负一个抢人女朋友的小小恶名，那，我愿意做你女朋友。”

大卫一直听着，在最后他只回了一句话。这句话只有一个字，“好。”大卫更像个男人，而怀托摩，像一个起初迷人，但后来渐渐叫人抗拒不安的男孩。

黎秧对自己说，你的眼光不会错。

大卫不会当着别人的面说拿下了她，仿佛她是一件玩具，一个比赛目标，一样打赌的彩头。大卫也不会派她做烦琐所谓女朋友该做的事情。大卫更不会动不动就和人拼酒，炫耀说我女朋友漂亮吧。甚至，他提到过去的女朋友，也不出一句恶言。

直到大卫在和她约会的一天，忽然说，有个同学经过，他打算送一送。她懂事地自己回学校。在学校遇见怀托摩的时候，她想假装没看见躲闪过去。但怀托摩径直走到她面前，她有点慌张。他想做什么？已经分手，何必纠缠。

怀托摩却只是望着她，良久，叹了一口气，转身走开了。大不像从前的脾性。黎秧赶上前去，“有什么话要跟我说，就直接说吧。”

怀托摩想了想，回答，“没什么，只是想看看你最近好不好。”

“只是这样吗？”黎秧问。

怀托摩没有开口，终于伸出手，掌心里是他的手机。清晰的画面浮现在屏幕上，是大卫和另外一个女生。

她转身而去，她需要解释。

后来大卫给她解释。他以足够成熟的语调说，那是以前的女朋友，需要救济借钱，怕黎秧多想因此没有提及。沉默半天，她点点头。又想了一想，轻轻说，“我们分手吧。”

大卫愣一愣，仍是一个字，“好。”

她给怀托摩打电话，像落难的公主求助于路过的武士。“我们重新来过，好不好？”

6

当时电话中的怀托摩说，“太迟了。”

怀托摩已经毕业，放弃保研了，与现在的女朋友不声不响拿了证，一起北上，去一家金融公司。

而大卫，寂寞令男生长大成人，但使大卫寂寞的，不是她黎秧。他掩盖事实，他去见以前的女友。黎秧早该知道，必有一个女生在前，才令一个男孩兼顾隐忍与美德。隐忍与美德，那是别人教会的，不是黎秧。那个女孩，让大卫刻骨铭心。

大卫始终难忘前女友。

这是黎秧无法忍受的残忍事实。毕业时分，夏天的空气每年都那么炎热。

她喝了很多散场告别送行的酒。黎秧回过头，站台空荡荡的。她忍不住蹲下身，仿佛要呕吐的样子。

有个人也在黎秧旁边蹲下，这个人对她说，“吐完就舒服了。”他递给她纸巾，送上纯净水漱口。动作手势，语言神态，温柔而克制。

正是怀托摩。

黎秧说，“谢谢。”

几分钟后，一个女孩从洗手间出来，挽住了怀托摩，上了下一趟列车。

谢谢属于他人的怀托摩，也谢谢心有旧爱的大卫。

陪黎秧去看怀托摩萤火虫洞的人，不是他们。

她并不想独自一个人去看世界上最美的萤火虫洞。明天上午的飞机会带黎秧去另外一个地方工作。人生从头再来，新的恋人也将继续寻觅等待。

终归教过我们的人，都会成为过去，不在我们身边。

你来看花时

多年前，有人问我去过他们洛阳吗，我说没有。问我的人露齿而笑，一口白牙。要命的是，他的脸居然比他的牙齿更白，很好看，很真诚。

他说："我们的牡丹非常好，来了带你看。"我说："好啊好啊，我向往了很久，洛阳牡丹天下闻名，武则天最爱赏牡丹了不是吗？"

我穿越了。那年没有"神马"和"浮云"，这个洛阳人不可能从我嘴巴里听到陈词滥调。要说浮云，那也是浮云游子意，落日故人心。

我在山西的平遥吹风，城池太古老了，一千多年，令人敬畏。大队大队的游客，登上城墙，拍照，再离去。来来往往，都是游子，游荡到了这里，就相聚一刻。

我们在早晨遇到了，各自逛着逛着，在卖假文物的摊贩前遇到了。我买了一只犀牛角杯子，他买了一把扇子。我们探讨了一下假货，然后就分道扬镳。

日落的时候我们又碰见了。我跟他说："看起来咱们有点缘分呀！不如一起去喝酒吧！"他一口答应。

我们找了个小酒吧，喝到打烊。酒劲上头，我滔滔不绝。

然后我们回到古色古香的灯笼下，在客栈里继续喝。我们住到了一个房间，没有床，只有巨大的炕。在炕上我摇头晃脑接着他的话头说："我一定要去洛阳，找你带我看牡丹，那可是国色天香啊，不看抱憾终生啊！"

可是抱歉啊！这世界有点假，我也有点假，其实，我对牡丹毫无兴趣。我这个人虚虚实实，自己也有点拎不清自己。

后来，我醉倒在炕上。

醒过来以后，我无声无息闪人了。

故　　人

我也没想到，自己会急不可耐返家，像个思乡病严重的患者，像个打了败仗的逃兵。

返回武汉差不多是下一个黄昏，途中我经过了风吹得很厉害的太原，再经过了郑州，在火车站上，我买了一只河南特产道口烧鸡，一个人啃到骨肉分离，拿鸡骨头玩拼图。

最后我拼出了一只仰天长啸的兔子，在我去卫生间的时候，列车上打扫卫生的乘务员扫荡了小桌子，清理得干干净净。

我要忘记这个偶遇的人。这样我在多年以后，就可以称他为故人了。

看　戏

2008年4月5日，我找朋友弄了门票，去武汉大学看昆曲。看白先勇的《牡丹亭》，青春版的。这戏演给学生看，我在年轻的人堆里嗅着特有的青春气息，好几次想晕过去。那是汗水淋漓的新鲜肉味，熏得人欲仙欲死，跟如今推崇的民国范儿似的，就是这么生猛。

坚持了两个多小时，我挺不住了，为了吸口干净的空气，我开始使劲往外挤，挤着挤着，我就站住了。

汤显祖在戏里说“回头皆幻景，对面知是谁”。而我的对面不是谁，正是他。舞台上脂正浓，粉正香，春梦有点长，我有点做梦，痴痴地愣住了。

我问他：“你这么会在这里？”隔着两个人头，他费力地对我笑，手压在嘴巴旁说：“真热闹啊！”我回答：“是啊！”

我没来得及多问。

我们才重逢，戏就散场了。人潮一冲，各自散开，我挺想找到他的，但我没找到，夜里的珞珈山东西南北方向难辨，我放弃了大海捞针。况且我还得赶回去，对着电脑写稿，新闻稿凌晨十一点截止，明日必须见报。

然而，我真不相信竟然这么巧，他居然也来看《牡丹亭》。

尖　叫

还记得吗，我说我用鸡骨头玩拼图，拼出了兔子。兔子当然不会仰天长啸，兔子沉默不语，像动物中的君子。除非逼急了，才会尖叫。我属兔，我保守秘密。

有年夏天，我回了一次母校。一路熟悉，闭着眼也找得到教工宿舍。

站在一栋老旧的楼房下，我看见每一层的阳台上，都有内衣、内裤在风中摇晃。男的、女的、小孩的，泾渭分明。我看着四楼的倒数第二户，看了很久，这家晾晒的衣服十分齐全，有大有小。

不好意思，我没搞师生恋，也没有爱上有妇之夫。我只是在那一户住了半年，那半年里，我听说有个好心的女老师，正走路，风一吹，楼上一家的花盆砸下来，砸死了那个老师。我听到隔壁的一对老夫妻闹离婚，一把年纪了忍无可忍，宁为玉碎不为瓦全，分崩离析也在所不惜。我听说楼下的副教授骂楼上的院长，凭什么领导分到最大的房子，要跟不公平的社会制度拼命。还有得了白血病的不幸学子、跳楼的情侣……我还看见年轻的女生从独居的博士生导师家里出来，神态极不自然……

这些事看多听多了，还经历了那么一点点，我变得很哀伤了。

这人间怎么就这样儿？令人厌憎。表面看着尚算可爱，一旦深入，阴暗琐碎，一点赏心乐事都没有。

有天晚上我做梦了，梦里十面埋伏险象环生，我是一只难逃虎口的兔子。于是第二天，我被敲门投诉了："还让不让人睡觉？深更半夜鬼哭狼嚎的。”原来我在梦中不住地尖叫。

惊悉真相时，我浑身起了鸡皮疙瘩，万分羞愧搬家逃离了。

我辞职玩失踪，走走停停旅行散心，花光仅有的一点积蓄，地道的文艺范儿。

这些过去，我一贯不向外人道。可是那个晚上，我向一个陌生人统统说了，像垃圾车倾倒在垃圾场。他也没有丝毫厌烦收容了我，像垃圾场收留了垃圾。

十　年

“情不知所起，一往而深”，什么话。没有无缘无故的深爱，也没有无缘无故的长恨。

“生者可以死，死者可以生。生而不可与死，死而不可复生者，皆非情之至也。”骗谁呢？一起赴死的有，死了再活过来的，没有。

人，就是一种乱七八糟、混乱不堪、时好时坏、复杂古怪的生物。

在那天的晨光中，大梦初醒的一刹那，我惊惶失措。

我居然记得向他倾诉的每个细节。我说得太多了，而我又对这个人充满好感。我忽然不知道清醒时如何面对他。

我后悔了。

我想对他说：“我是个一直自持的女孩吗？我幼年好学聪明乖巧吗？我考取名校博得亲友夸奖吗？我留校任教很有前途吗？我洁身自好很傻很天真吗？”

但我现实中的种种行为，分明是个轻慢随便的浪荡子，女版的。

纯了太多年的小孩子，一旦更弦改辙看破世相，是有点变本加厉的。

可我从此以后，以何面目再去自处？或许，更难与他相处。

之后我轻手轻脚穿好衣服鞋子，收拾背包，带上房门，闪人了。我辜负了他的邀请，看牡丹的。

光阴倏忽，一负十年。

雪　菜

后来我谈恋爱了，跟一个长得像浣熊的男生。这个男生有点胖，摸起来很有手感，靠在身上，是一张可挪动的沙发。我找了一份宣传景点的旅游刊物的工作。我的头儿是个女的，这位大姐带着我，照顾我。浣熊很放心我跟着头儿跑单子，拉项目。

我和浣熊只要凑在一起，就合谋算计拿了年假去哪旅行。好吃懒做贪玩的浣熊是个小康之家的独生子，性情平和，小富即安，但求享福。房子不大，但父母早就备好了，薪水不高，但加上我那份，足够我们躲进小房子，春夏秋冬要到底。

我当然不再是别扭的年轻女孩了。我看世界的心理阴暗，世界看我也心理阴暗，闹太多了很没劲。

人生何其短，吃喝恒久远。我们求菜谱，做实验，小厨房日日飘香。我们拍了很多照片，我们注册共用的微博，我们晒美食，秀恩爱——浣熊跟兔子的美好生活其乐无穷。

在六月酷热的夏日，浣熊求正宗雪菜做鱼。就有人私信索取了地址，快递奉送上一把雪菜。

其实就是一把黯然销魂的酸菜。

口腹之欲满足到爆，我扭头冲我的浣熊说："这个网友好热心。"

回过头我翻了翻浅黄色包装纸，这把雪菜始发地是洛阳。

如果我在洛阳有一个故人，那只能是他。有劳他牵挂至今，真叫我无以为报。

自　私

我悄悄地联系上了他，在马路旁边的公共电话亭给他打了一个电话。那把雪菜真是他的一番心意。物轻，情长。

我说过，我无以为报。

所以我在今日今时的电话中，劈头盖脸疾言厉色痛骂了他一顿："你这个人怎么这么无聊啊，时过境迁了那么多年，还来骚扰个什么啊！好烦啊！"电话那头："喂喂喂……等一等……"

我没有等，我不会等，我绝不等。骂完之后我迅速挂断电话。这件事，就此了结最为妥当。他的一把雪菜，晚于我跟浣熊拿证。

对待我的洛阳故人，我没有一片冰心也不在玉壶。这就是我给他的报答。

我的事他知道的太多了，就当不成恋人了。他不计较，我计较。

我只管我爱上了他，不管他是不是爱上我，不管他有多爱。

我可真自私。

热　　闹

跟浣熊拿证的前一天晚上，浣熊在打鼾，我彻夜未眠。夜里的七个小时，恍恍惚惚回忆了我有生之年的二十七年。脑海里的仓库堆太满，我逐一检点，点到他的时候，我牢记当时，他躺在我身旁，仔细听我全部的醉话。

这个世界有偶遇，可我莫名爱上他。一天之中，我见了他三次，十年之内，我见过他两次。我不知道他这些年的故事，他的人生是他自己的拼图。世界上没有那么巧的事情，总有蛛丝马迹，他猜得中我的家乡，知道我的喜好。

在武汉大学剧场之内，他隔着人群，冲我说："真热闹啊！"

是啊，看戏的人真热闹啊！

热闹过后，各回各家。

这些年的寂寥省悟，我必须终结在更好的生活，更好的恋人上。浣熊对我的所知，不多不少，足够相亲相爱。

而他，我把小半生的满腹纠结，当作垃圾，赠送给了他。也许我就是在等着撞上这么一个人，然后全盘托出，然后顿悟，然后新生。

我酝酿了很久，选择了骂他，驱走他。我们永远不会一起去看花，看洛阳的牡丹花。

隔了这么多年，我想，只能怪他有一张眉目太过清晰的脸，铭刻在了我的心田。

你来看花时，心与花俱明。

天鹅换下旧衣裳

人的喜好不可理喻，比如裁田喜欢昌龄。

叫李昌龄的那个女孩值守在这个片区商业区的鲜榨果汁店。生意不错，店很小，所以她是最主力的员工。她的日常打扮简单到不能再简单了，头发绑一根布带，很瘦，像个饿了几年的斑马，越瘦越清秀。

她每天都一脸假笑地冲着光顾鲜榨吧的顾客询问，您要什么果汁？

这笑，笑得像漂亮的塑料花，像 TVB 的电视剧花絮，像川剧变脸，转个身僵硬冰冷，再转个身脸若春光灿烂。特别虚伪特别假，但假得让人轻松。要是买点喝的买卖双方都真诚微笑你来我往，卖东西的人和顾客，该有多累。

一看就知道这种女孩子不是一张白纸。一看就知道这种女孩子的心，原本柔软细嫩，后来变成核桃一般。要得到就要先敲碎，但手劲力道差点敲不开，力道过了头，连壳带核全部敲烂。

不容易对人真笑的人，对于某些人，最有吸引力。越稀少越珍贵。这么多司空见惯的大学女生，这么奇怪的一个李昌龄。裁田在人群里，锁定了李昌龄，他想方设法得知她的名字。

对昌龄有兴趣并且展开行动的孙裁田二十四岁，如今这年头二十四岁的男生很有一些跟女生交往的经验。他当然知道有时候追一个女生要慢慢来，也知道分辨一个女孩值得不值得去追。所谓值不值得也就是心头有没有一股莫大的冲动——嗯，就是那种我就是要搞定你的冲动。

裁田买好了电影票再去搭讪。裁田不信他裁不开假假的面具，看不到一张发自内心真实笑容的脸。昌龄激起他搞定她的强烈冲动。

腐　朽

二十一岁是个什么概念？如果用势利眼光来看动物本能来说，这是一段相当相当新鲜的时期。大多数女孩，就是水蜜桃。但二十一岁的李昌龄是一枚核藏腐败的水蜜桃。这腐败只有一个黑点，一个恶念，强烈，固执。不能实现的恶念转化后，就变成了一种近似从事的职业。

这个恶念支撑着她在这家果汁店干了半年。

她每天要将大量的水果粉身碎骨。每次都会想起一句莫名其妙的古诗，是中学时代学的。“粉身碎骨浑不怕，要留清白在人间。”

嗯，梨子粉身碎骨，柚子粉身碎骨，加蜂蜜。苹果剥皮去核，粉身碎骨，不加蜂蜜，葡萄粉身碎骨，加牛奶。水蜜桃粉身碎骨，加冰沙。顾客想得到的搭配，昌龄都照办。

有时候没人注意到她的工作，昌龄干脆整个苹果切块丢进搅拌机，有渣，苦涩，多放点糖，其实喝不出异样。她做给自己喝，只为了补充活着的能量和营养。她对自己还没有对待顾客那么好，可以喝到纯粹果肉的汁水。

看着水果们粉身碎骨是最大的愉快，仿佛那个恶念也被间接实现了，恶念要攻击的对象就要附身的对象，也从体型完整变成粉身碎骨了，被喝掉，被消化，最后归属下水道消失不见。

二十一岁之前李昌龄的人生有于之涣，于之涣是她的电，她的光，她唯一的神话。

然后电光黯淡漆黑，神话腐朽溃烂。恶念占据心田，荒芜横亘世间。

“粉身碎骨浑不怕，要留清白在人间。”问题是，清清白白在人间，是多么不容易的一件事。这世界上的人，不是复杂就是肮脏。

前　　尘

为什么要把过去的事叫前尘往事？那些事那个人并不是出门几天满屋的灰尘，打扫打扫就能清洁干净的。

二十岁大专毕业的昌龄在珞狮路的一家印务公司当小职员。

早在念书的时候就在这家小公司兼职，等到她正式成为小职员，她已经做了两年成了一名合格的熟手，熟到捏着广告传单的客户在旁边来不及说要修改什么，她就娴熟地先一步完成了操作。昌龄工作的时候比较沉默，天底下的老板都喜欢这样的小职员。老板给她加了一点点薪水。

不过只有昌龄自己知道，她的沉默是因为羞怯。她不敢跟陌生环境的陌生人多说话。她在普通的家庭长大，她听从老师的教导，她遵守校纪校规，她不早恋，她好好学习，只是天分有限，读了个专科。她怀着一个年轻女孩对这个世界的美好愿望，一直在等待。等待一道闪电照进她的现实生活。但专科院校的三年里，她甚至不敢回个电话给打到宿舍来发起邀约的男生。

天气越来越热。她一次次看见大人、小孩、老人还有健壮的年轻人潮湿嗒嗒地经过了印务公司的玻璃墙，他们从几百米远的水生所出来，那里有个游泳池。她用刚加的一点点薪水，办理了一张两个月的游泳卡。

凭借着大学时上游泳课的三脚猫经验，昌龄也加入沸腾的玩水人群。她在浅水区翻滚摸爬，鼓足勇气滑向深水区，呛水了。

呛水的感受，很难用语言说出来。视线在水里只剩一片流光，光线传导扭曲，大口大口喝进并不干净的水，像减肥的人狂喝果汁有空虚的饱足感一样。她听见一声锐利的哨声，人被拉到了浅水区。从水里浮出那一刻，看任何人都像是来世间拯救众生的天神。

昌龄牢记住了那双膀子，鼓鼓的肌肉，以及胸口前的一枚美丽的银色旧口哨。看守在旁边无聊了很久的救生员于之涣，终于有事可做有人可救。他抱着昌龄，抱了很有一些时间，才放开。昌龄紧紧地抓住了他的胳膊，抓到他手臂发痛，在这深痛中他对着昌龄笑了。

隔一天后，昌龄得到了一个优秀的游泳教练，免费的。

那双宽大的手掌无数次托着她的后脑勺，教她蹬腿，四肢协调动作。教她换气，教她姿势，教她憋气潜水，还教她永远不要去江河湖海，在游泳池里玩玩就可以了。他说你这天分，就适合在不超过两米的水池子里泡泡。

比昌龄大几岁的于之涣待人热情，热爱生活，头脑也灵活。他是水生所的职员，喜欢游泳，水平高，业余兼职了游泳池的工作，可以赚一点兼职费。

有什么样的恋人才有什么样的爱情。昌龄坐在电脑前打开软件，帮客户做任何文件，窗口跳回桌面的碧波荡漾的壁纸，身体都有如躺在温柔水面上，仰头望见露天的天空，蔚蓝的蔚蓝，雪白的雪白。她出了三个小错被扣了三百块钱工资。不过她毫不在意，很快她就要搬进一套不大但足够生活的房子，和最心爱的男孩一起生活。

从一个清清白白的小姑娘，等到了动心动情的男生，昌龄把自己完完全全交付给对方。这像是走了一条直线的路。两点之间，直线距离最短。

他们结婚了。

拿了见证爱情的本子才一个星期，在搬家之前，之涣死了。

最短的距离变成最长的距离。

之涣的死

那个下午，刚过二十五岁的于之涣跟上班的单位请假了，说是有事找女朋友，提前走了。然后他穿过了立交桥，经过了两所大学，步行过一条街道，到了湖边那条路。不少人在湖边下水游泳享受清凉。再然后有人喊救命。年年有悲剧报道劝止市民，树立大招牌提醒人们不要下水谨防意外，总有人不以为然。

二十五岁的之涣跳下去救人了。那个人情急之下抓紧了他，还一把推了他，推向水底。那个人靠近了岸边而之涣向下沉去。之涣的确是个游泳的高手，但是奇怪的是，那天他心情复杂午饭都没吃几口，在水里他的腿抽筋了，拖累了他。最后一刻他其实也不敢相信自己会死于溺水。之涣的悲哀只有几十秒。之涣被救上来的时候，他没了意识。

痛哭流涕的之涣父母最后能够得到慰藉的是，他们的儿子是救人而去的。被救的人发誓要把两老当自己父母……这些细节对于昌龄来说都是不愉快的记忆，她持有一种不实际的迷蒙态度。之涣死了么？

死了。

他的手机是昌龄唯一带走的遗物。

如今，带着那手机的昌龄，动作娴熟地操作机器，看着搅拌机榨出的果汁滴进塑料杯，封口，递给形形色色的顾客。

昌龄盯着主动找上她求爱的男生，问了他的名字和看了他手里拿的电影票后，跟他说，“谢谢，我不爱看。”昌龄说话的时候面无表情，语气平淡，“总而言之我根本就不爱看电影。孙裁田，你不要再找我了。”

裁田只好失望而去，改天再接再厉。改天再接再厉了，又失望而归。

他对她一无所知，尤其是对她的过去。他不知道，她看起来年轻，却已经结婚，死了丈夫。本来人生在世总有不幸悲哀，但昌龄的不幸和悲哀复杂了一点。

相　　信

昌龄带着那手机，那支满腹真相的手机。那天之涣说是去见她，但实际上不是。那几天的之涣说他一直在忙房子装修的事情，所以他晕着头沉湎在对未来生活的幸福想象里，昌龄乖乖老实地由着他在外面跑来跑去，她睡着了他才回家，他出门她也不知。

那天下午她爱的男人其实是去见一个叫斑比的女人。在手机里，最后打接联系的号码，设定的名字叫斑比。要在网上搜索后，昌龄才发现斑比是源自一部动画片《小鹿斑比》，上个世纪的老片子。小鹿有一双美丽幼稚的大眼睛，像滴水一般清纯。所以斑比这个女人一定就像那只小鹿一样，在之涣的脑海刻画了深刻的印象。

他们的对话在手机里无比感人地存在着，以短信的形式。这些对白一条条联系起来看，揭示着一条清晰脉络。

斑比是之涣什么都没发生的初恋，在他们年轻天真的时候最亲近也不过是拉拉手。他们没有在一起，他们各有各的人生，但他们要在各自都尘埃落定正式走进婚姻生活之前，再次见一面。也就是说，他们都结婚了，但得到了彼此的消息，斑比恰巧来到这个城市来办点事情，因为她很快会嫁给一个老外，到国外过沉闷但安定的日子去了。所以，她提出见一见之涣。

嗯，所有碰巧的事情，恐怕都藏着人的潜意识，魔鬼总是在偷偷怂恿。

他们要见的这一面如果不被意外救人事件打断，该是多么伤感凄美又缠绵绝望的一面，他们大概会拥抱亲吻，在床上翻滚，他们还会说些叙旧的话，他们还会感慨人生动荡无常，曾经相爱但又因为一些客观原因没法长久合法名正言顺在一起，然后他们黯然销魂告别，像一部爱情电影。

斑比后来知道之涣的死讯了吗？昌龄也不清楚。她只知道这个女人没有再打电话到那只手机上，从头到尾没再出现。约好的人不出现，她大概心领神会乖乖跟着老外走了。

之涣的心里藏着浓烈的初恋情结，对于这一点昌龄一无所知。过去的人，过去的事，没有人愚蠢到跟眼前的人提。但是，他们什么都没发生，但昌龄的想象力无止境被开启。之涣的心里从来不是专属她。在他们缔结了生活在一起的盟约的时刻，他偷偷去密会初恋。

昌龄的感受怪异得不可名状。

之涣死后一段时间，她吃饭必吐，只好喝流质食物。几乎是小半年后，才恢复吃一点米面，大部分还是喝果汁。反正多的是女生以鸟类食量成活。

她既然当时没有揭示真相，过后就更加没有必要。昌龄慈悲地成全了丧子的之涣父母，保留了之涣的完美形象。他们没有挽留她，这不是一个年轻女孩子嫁给灵牌的年代。

清　白

昌龄实在太年轻了，遇到这种事情毫无经验，她不知道下一步怎么办。不过他们还没有孩子，因此她来去一个人了。她办理了注销结婚证手续，她离开，她换了个城区待着，她需要找一份工作做，薪水能养活自己就好。总之留在原处，只会如坐监牢。

看见了新开的果汁店的招聘广告，她就去应聘了。这份工作与水果们为敌。消灭了成千上万只苹果、香蕉、柠檬、葡萄、木瓜、柚子、桃子之后，昌龄觉得她的心情似乎得到了一些宣泄。那种胸口破一个洞的痛苦，也平复了很多。

这个世界上的男人太复杂，他对她那么好，好到她以为全世界他最爱她，他只爱她。可是他又毅然决然奔赴朝见初恋。

虽然成长过程单纯，但电视剧里和书里面听过看过无数背德离心的故事，昌龄多少也知道。但当她自己遇到，没能幸免地遇到，她仍难以接受，难以置信。

她爱他，她又恨他。她想再次触摸活生生的于之涣的脸，也想抽他的脸大哭大骂他。她一瞬间真希望看着之涣清清白白粉身碎骨，以一种纯粹光荣的见义勇为的好人形象死掉。一瞬间，又只希望他好好地活在人间，即使毫不清白，人格复杂。

一个好人也是一个坏人。人真复杂，人的情感，更加复杂。

虽然遇到这么一段扎心的经历，人总不能一直孤单一个人过下去。

问题是二十一岁的昌龄已经没法再随随便便相信一个人。她对所有的人都只会假笑。即使是面对裁田这样看着很顺眼，有些动心的男孩。谁知道他的心会不会装着太多复杂。

要她再接受一个新的男朋友？

昌龄发现她已经被关进了一座无形监牢。走到哪里，都出不去。谁能拉她出来，拯救她啊！这是个问题。

变　态

那个叫裁田的男孩，两个月后，他再没找昌龄了。他在追求昌龄的时候极尽言辞和努力，最后投降认输了。他说他真的很喜欢昌龄，希望昌龄做他的女朋友。

然而他说的话和最后的行为分裂了。

在昌龄犹豫徘徊、相信与不相信的时候，在昌龄冷眼相待的时候，他似乎消耗完了他的热情。

预想到了的结果一点惊喜也没有地实现着。她冷眼等待着，观察着。也许世界上有反例，但裁田显然不是。

裁田带着一个年轻可爱的女孩逛街经过了，但他不再去看昌龄，也绝对不光顾昌龄工作的鲜榨果汁店。但是他不光顾，他的女朋友光顾。那个女孩子要了一杯酸酸甜甜的柠檬蜂蜜茶给自己，还要了一杯葡萄牛奶带给裁田，她说我男朋友最爱葡萄汁。

这是一个可爱又尽职尽责做人女友的女孩，记挂着男友和男友的口味。

仿佛被这话的浓情蜜意踩到了自己的脚一般，昌龄很不舒服，很不舒服。就在她很不舒服的时候，恶念顺理成章诞生。这恶念汹涌而来，一发不可收拾。她浮现出习惯性的应付顾客的假笑，收了果汁的钱，她盯着裁田的女朋友说，你还敢跟裁田交往？

裁田的女朋友脸色阴郁地质问昌龄，你们什么关系？

昌龄微笑着，微笑着跟同样年轻的女孩子说，他是个花心萝卜，我为他打掉了孩子，分手了。他马上就找了新的女朋友，怎么也不肯娶我。你自己小心吧！还有，你最好别去逼问他，他绝对不会承认的。你也别当众闹翻，他会爆发的，说不定会打你。我一直在这里等他，就是要等他回心转意。这条路他总要经过的，他就在前面四四方方的银行大楼里上班。

女孩狠狠瞪着昌龄，然后表情晦暗，古里古怪走开了。

这报复很变态。

等到裁田单独一个人来找昌龄的时候，几乎是一言不发，他用奇怪的眼神凝视着镇定自若的昌龄。

凝视了许久之后，昌龄工作的店也该关门下班了。他坐在小小的高脚旋转椅上，小心翼翼发问，你到底想怎么样？你不愿意接受我，干吗又来破坏我？

昌龄抬起头，你不能坚持追我，干吗要追？

裁田先是恍然大悟的样子，然后露出微笑，叹气说道，那现在你得逞了，我跟阿哩分了，而且全公司都在传言我搞大了路口第三条街道的卖果汁的谁的肚子，又甩了人，逼着女生去流产。你搞臭了我的名声，我很难再找到女朋友了。你这是造谣诽谤。你得补偿我，要不你还是做我女朋友吧。

昌龄深深地看了裁田一眼，像他一样微笑了。她此刻只觉得，她那么变态的报复，原来等于婉转告白。对这个男人来说，毫无损伤。男人们总是不大容易受伤。

“你的那个女朋友阿哩呢？”

“我们才开始，你把她吓跑了。她肯定不会再理我了。”裁田紧紧地盯着昌龄回答。

“你交过多少个女朋友？”

“五六个吧！”

“为什么分了？是你变心吧！”昌龄控制不住自己跟这个男孩说话，一直问下去，刨根问底地问下去。“要是你们结婚了呢，你也说变就变吧？还是偷偷摸摸搞小三，还是遇到了初恋什么的，就蚂蚁闻到甜的，死凑过去？”

在昌龄说着的时候，蚂蚁的确企图攻占水果们。她用一把毛刷刷过去，蚂蚁们粉身碎骨。

“哦，有的是我变心，有的是对方变心。”裁田很坦诚交代。

“但是，大家不都是这样的吗？你爱我，我不爱你。我爱你，你不爱我。你爱我，你又想着别人。或者我爱别人，你又想着我。哪有什么一心一意从来不变心的人。如果有，那这种人只是没得到选择比较的机会。一心一意不是努力就达成的目标，不是单方面可成就的美好理想。只是机缘巧合的际遇。”

二十四岁的裁田有限的人生恋爱经验，也足够他得出这个结论。

昌龄想了一想，前尘往事一股脑都想起来了，她终于激动起来，语气变得恶狠狠说道，“这世界上，要一心一意爱一个人跟一个人在一起，可真是太难了。你走吧，有多远走多远。我不可能当你女朋友。”

“好吧！那我走了。”裁田也生气了，站起身，往门口走去。

走到门口，他又转过身，“其实你这个人，一看就知道是被人伤害了，耿耿于怀。虽然我不知道那个人到底是个什么人。你对人太拒于千里了，一下子我也不知道怎么帮你。你这样，痛苦的是自己。”

嗯，是自己。

昌龄抓起一枚桃子，投掷砸过去，裁田摸着脑门一声不吭出去了。

昌龄坐回椅子，四肢瘫软像个泥巴捏的人，泄气散架了。她特别想哭可是又哭不出来。

难道她一点也没明白吗？不。

她多多少少也明白一些自己。

如果不丢开之涣，丢开跟于之涣在一起的日子，在一起的那些个记忆，以及那些再也不找当事人来发泄的恨，那件事的后遗症和深深覆盖的阴影，自己就完了。昌龄意识到这一点，也确定了这一点。

她希望裁田是来拯救她的男孩，赐予她信任，重建对世人的信心。但是，他却令她雪上加霜。

最　　后

裁田做了最后的努力。

清晨昌龄打开店门，发现地上的一个白信封。里面是一张电影票，最近又出了新电影，《生化危机》故事的大结局。

想必在裁田手里，握着邻座的另外一张票。如果她不去，他就独自看这部电影，然后，大概再也没有什么联系了。

不同的人有不同的打开方式。于之涣是教她游泳，孙裁田是请她看电影。如果忘却了裁田之后，会有另外一个人能拯救她吗？真的会有这么一个人存在吗？

聪明的男人订票的时间延后了，是三天后的放映场次。所以，他给了她足够的思考时间来考虑。

昌龄辞职了，跟老板打报告了，今天干完后，黄昏时间老板会出现，给她结清薪水，然后说再见。

第二天，昌龄回到以前工作的地方了。故地重游。

原先上班的印务公司还在原地，站在马路对面，她遥遥看见玻璃橱窗后，坐着其他女孩在聚精会神埋头工作。沿着马路，走到了水生所。令她吃惊的是，在游泳池门旁贴了告示，即将拆掉，改建其他建筑项目。

没关系。

游泳池关门了，可以买通打开。昌龄给了守卫的工作人员一张一百元。他放她进去了，询问她会游吗？要注意安全，就在浅水区活动。昌龄点头，说我会带着游泳圈的，我泳帽泳衣买一套全新的你这里有吧？

有。

泳池因为乏人光顾，干净清亮得如梦如幻。她已经很久没有在水中舒展全身。她把游泳圈丢在旁边，长长地吸一口气，憋足在腹部，并不急着吐故纳新。凭借这一口气，她漂浮在水面上，仰面而泳，这种姿势最不费力，但也最让初学者恐惧。如果要换气，就要在行进中快速地换。她不断地伸展手臂，向后划去。

就是在这里开始的，开始认识之涣，又失去之涣。他救了她，最后又推她下水。直到筋疲力尽。昌龄想着事，反反复复，掰开了揉碎了，想着事情。她不自禁吐出空气，向下沉去，水忽然盖过嘴巴，她张开口大口吞下水，双手胡乱抓空。

之涣，之涣救我。意识条件反射，昌龄心头疯狂呼喊。仿佛穿越漫长时空隧道，但其实只是半分多钟。管理员听到动静，才惊慌地起身准备来看看情况。

一番剧烈挣扎昌龄猛然翻身，拼命撑起身体，自己站起身了。弯腰俯身趴在游泳池的边沿上，没人来救她，她自己救了自己。

管理员跑过来了，她冲着管理员笑一笑，喘息说，没事。她穿上衣服，走出游泳池，昌龄忽然醒悟，当时当初，在浅水区，其实她站起身就得救了，而之涣跳下来，救了她。就算不救她，克服心头恐惧，也没问题了。

昌龄冒出一个奇怪的想法，关于人生中拯救与被拯救这件事。

比如她和之涣。

与其说是之涣救了她，不如说是她救了之涣。他遇到了一个崇拜他，全身心爱他的昌龄。她是个一旦恋爱，就准备陪伴恋人一生一世的女孩。

没有她，他就得跌跌撞撞去找其他女生，那些女生未必值得结婚，愿意结婚。

失去了初恋得到昌龄，是之涣的幸运。他不知珍惜，是他的事，他的损失。又或者，人就是这么的身心分裂，之涣见过了那个斑比，回家还是要跟自己过下去，说不定就过了几十年，白了头偕了老。

能原谅，那就继续过下去，也许之涣会学会珍惜。不能原谅，那么就分开。

这个复杂的世界，人心或多或少都复杂。那又怎么样？于之涣忘不掉他没得到的初恋，就像昌龄忘不了于之涣，他也是昌龄的初恋，刻骨铭心。

她躺在游泳池的池边，消耗热量后，通体清凉。四周静寂无比，这个游泳池很快就不复存在了。消失之后，作为一段记忆存放在光顾过的人脑袋里。

昌龄不恨之涣了。

恨意慢慢褪散下去的时候，她发现自己的记忆，与之涣相处的细节仍然纤毫毕现。但只是记忆了。她深爱过他，也深深地恨着他，他死了，永永远远地死了。

对于具体的某个人，一心一意洁白无瑕只是幸运的际遇，难以强求。

她决定记住之涣对她好的一部分，原谅他，就这样记着。与此同时，她发现自己很想，很想跟裁田去看电影。

这是一种宛如婴儿初生时对爱的渴求，唯有人对爱的需求是恒久不改、专注专一的。

看 电 影

她急切地想告诉裁田，“我很想跟你去看电影。”可她甚至连他的手机号码都没要。她乘坐的高铁赶回了裁田那个城市。但是计程车堵车停滞在河西区。

在电影院检票口旁边等了很久的裁田叹了口气，走向还在排队买票的某个人说，我有事不看了，送给你。

他走出电影院，外面阳光耀眼，他不知道重新再去爱一个女孩需要几天、几个月还是更久的时间。总之，他追求她，邀请她，他看出了昌龄的摇摆不定，自我束缚。他还故意带着别的女孩刺激她，但还是没能敲开她坚硬的壳，多么遗憾。

人长大就是一个不断失望又不断和光同尘接受复杂阴暗的过程，在复杂的世界上学习爱人和被爱。裁田也有被女孩欺骗过的经验，接下来还不是重新找个再来爱。混杂的世界，什么都存在。

他看见了昌龄后，注意了很久，喜欢上了她，一心一意的，直至去爱下一个女孩之前。他没有机会告诉她，他为她做的。很可惜。在这段休养的时间里，他的心也要变成核桃了。

天晚了，明天去买火车票离开这里。夜幕下，昌龄从车窗探头，看排列长龙的塞车盼望它们快点疏散。但风吹过来，细沙刮进眼睛，令她痛出了汹涌流淌的眼泪。泪水花了脸，她的心却无比镇定，如果电影院不见他的人，她总要找到人当面讲清楚。

为你挡酒的日子

方敏敏记得和陈小魏认识的时候是在本地某个高级餐厅的包厢里。一到了包厢，再优雅的餐厅也变成了斗酒会。被一群客户用话逼得马上就要脸上挂珍珠的方敏敏遇到了大救星。像陈小魏这样会喝酒的男人，在事业上一帆风顺是理所当然的事。如今生意多是在酒桌上谈成的，买卖单子多是靠“红黄白”拉回来的。陈小魏看了她一眼，带着怜惜与理解。

方敏敏看着陈小魏豪气地干倒了那一群不怀好意的臭男人，那一瞬间，她有一种孤零女子一定要靠岸的想法。

后来他们在私下里单独约会，基本上就不碰任何含酒精的饮品。他们只在路边的大排档喝酸奶吃清淡食物。方敏敏说她要郑重地致谢。陈小魏看她一眼，笑了，“你有什么可以谢我？以身相许？算了吧！你这么年轻，别浪费自己。”

方敏敏默默无语，大口喝酸奶，喝着酸奶的她也醉了，醉倒在陈小魏的肩膀上和他的嘴唇边。身没醉，心醉了。

引经据典

一个是公关经理，一个是公关经理助理。陈小魏想办法把新进公司的方敏敏安排到自己身边以后，基本上多数场所就是他们一起出战。酒精战争无休无止。方敏敏说，你教我喝酒吧！

这话把陈小魏说得愣了一下。他也没问为什么，只是说第一招我已经教给你了，想要上场喝酒，那就得下场禁酒。人就一个胃，这话方敏敏明白。平常绝对不碰，一概最最健康的饮食。

至于第二第三招，陈小魏说，看着我。

方敏敏就看着他，看着他怎么做。陈小魏说，喝酒前一定喝牛奶，酒喝到想吐就别撑着，厕所在哪人去哪。如果肚子都吐干净了没东西垫底，就赶紧再喝牛奶。呵呵，公文包里随时携带酸奶。被端在鼻子底下闻见酒味就反胃的时候，一定要屏住呼吸，一口解决，绝对不能拖泥带水，一拖泥带水，你就完了。“不是东风压倒西风，就是西风压倒东风。”陈小魏引经据典。方敏敏心领神会，他和她渐渐成为最佳搭档。

最容易消化

难得休息的时候，两个人彻底关机。唯一一次，是完成了一笔大单子，方敏敏提出要庆祝，陈小魏苦笑，说我想要的庆祝，就是好好睡上三天三夜，什么都不干。于是陈小魏睡觉。但半夜，方敏敏跑到了他的卧室，他的被子被掀开了几次，最后，方敏敏脱掉睡衣内衣，皮肤直接接触到陈小魏的身体。他始终是个男人，爱到发昏，仿佛不知有明日一样尽情欢快。

亲密以后，在他的怀抱里，方敏敏问，“你想赚到多少钱？”

陈小魏被她问得呆了一下，回答说，“赚到一个男人足够的钱。”这句话很含糊。天下的男人那么多，每个人的标准都不一样。方敏敏就说，“那你跟我说说你家的情况，你的过去，你念的大学，那时候的有趣事儿。”

陈小魏就摸着她散发着清新乳液香味的皮肤，鼻子靠近她的头发说，“哪有什么有趣的事情！无非是抓紧时间找工作。”

方敏敏也会问，“你爱我吗？”陈小魏就回答说，“爱。”方敏敏就继续问，“那我们干脆结婚吧！”陈小魏不说话了。他就在方敏敏问话的瞬间，脑袋偏了一下就睡着了。他太累了。男人累，女人也累。最重要的是，生活很累，欲望很累。

看见陈小魏和老板吵架的时候，方敏敏就知道，他终于要叛逃了。陈小魏为这个公司已经竭力打拼，可他分到的只不过是别人蛋糕上的一层奶油，就这样还惹得公司其他人嫉妒。嫉妒的人看不到他做交换的代价，方敏敏看得到。就在他们激动的亲密之后，第二天陈小魏就忽然起床，冲进了卫生间，然后他自己出门了。方敏敏稍后进了卫生间，看见马桶里没有冲干净的血。躺在医院里吊瓶的陈小魏胃出血，也没有吵醒方敏敏，是方敏敏自己的女人天性直觉，让她醒来。

方敏敏忍不住哭了。陈小魏只能够休息，只能够补充葡萄糖，这段时间只能够吃流质食物。她就把米饭熬成粥，最容易消化且最清淡。她一边研究火候一边看着书摸索。

出院以后，陈小魏就和老板吵了，然后，算账走人。方敏敏叹息一下，问，“为什么要这样拼命？”

陈小魏说，“你还是不知道的好。”

没完没了的需要

要想人不知，除非己莫为。老话总是很奏效。方敏敏想知道，就花了心思。陈小魏离婚了。有前妻，最重要的是，还有个孩子。前妻出轨了，所以他们离婚，但前妻患病以后，第三者就闪到没影子了。

他不能让孩子没有妈。因为孩子的妈躺在医院。所以陈小魏比其他男人更拼命。别人拿健康换钱，他直接拿命换钱。

方敏敏很想问，为什么要离婚？离婚了又这么有情义？但她不忍心叫醒陈小魏。当一个男人入睡之后，才是最本真最柔软的样子。男人在她的怀抱里，温顺如孩子。面孔因为过度辛苦而显得有点苍白，她依偎在旁边，安静得能听见呼吸。

前妻治病还需要钱，没完没了的需要。

什么时候结婚？

陈小魏教了她许久，也没教会她喝酒。

其实一直都是陈小魏护着她，方敏敏只需要蜻蜓点水走走过场就可以了。她像抓住稻草一样依靠在他身边。陈小魏根本没有主动提什么要求，是她自己心甘情愿的。也许方敏敏可以凭借所学换个工作，薪水低一点，但清闲一些。但是，一开始，方敏敏已经被这个男人灌醉了。用的是，那一眼带着怜惜的目光。

真的，学会喝酒一点也不难。那辛辣呛人的白色刀子如果有无畏的勇气做底子，算得了什么？方敏敏甚至听说，女人天生就比男人耐醉。

方敏敏坚持到了最后，拿下合同。她户头上的钱在增加。至于陈小魏，其实医生的话很婉转。他已经不能再喝了。他的胃又回到了婴儿时期，无比娇嫩。

陈小魏得到前妻的病情迅速恶化的消息，是在两个月后了。

好　男　人

病情迅速恶化的前妻离开了人世，孩子重新回到了陈小魏身边。方敏敏的收入养活一个大男人，很快，就多了一个“小男人”。他问她，“你什么时候搬走？”

她不言不语，许久才反问，“我们什么时候结婚？”

轮到他不言不语。

那是个异常冷静的小男孩。他看着一身疲倦、妆容已花的方敏敏，像一支尖锐的利剑，闹腾和不配合。

陈小魏揍了这孩子，揍的时候他捂着胃，现在他连剧烈运动或生气，都能够感觉到胃在抽搐，在揉搓着连接痛感的神经。

渐渐地，他还看见方敏敏习惯性捂着腹部。

陈小魏开始发火了，“你，你给我滚。你到底想怎么样？我不喜欢你，我们父子都不喜欢你。你走吧！”

她默默地收拾东西，但走到门口，又一把丢开，说，“我不走。我们结婚吧！小宁我会把他当自己的孩子一样看待。”

“可是，凭什么要你这样牺牲？”他终于说了实话，并且流泪了，男人的眼泪，弥足珍贵。“就算你欠我的，也早还了。”他说。

方敏敏忽然发脾气了，恶狠狠抽了他一耳光，“你给我听好了，我从来没欠过你。是我自己喜欢你。因为你是个好男人。”那一刻，方敏敏身没醉，心醉了。她不后悔。

叫小宁的小孩子没看见前奏，放学回来，只看见他父亲被这个女人抽打。小孩子扑上去又抓又咬，方敏敏纹丝不动。

陈小魏喊着孩子的名字。男孩意犹未尽，终于，他冲孩子招手喊，“陈宁，你给我过来。否则我、我们父子断绝关系。”

小孩子害怕了，愣了，明白了，然后乖乖回到他身边。

陈小魏问，你是不是笨蛋？

小孩子回答，“不是！”

“那你看出来没有，她要照顾我们一辈子？”

小孩子也哭了，回答，“看出来了。”

陈小魏叹一口气：“但人家不想走，我们赶都赶不走，那我们能怎么做？”

小孩子摇头，带着抽噎：“不，我不，不知道！”原来，小孩子也不过是配合他的父亲而已。陈小魏转过头，看着方敏敏：“你可以留下来了，我只有一个条件。吃再差穿再烂，我们爷俩无所谓。”

方敏敏点头，她完全明白。这平凡人间，普通男女，该认真过日子了。她也哭了。戒，一定，她一定戒酒。

陈小魏轻轻推了推孩子的肩膀，说，“喊啊！”

小男孩终于噙着眼泪叫出了口。

蓝鞋子

我忽然不知道如何开口来解释，我为什么要偷走他的那双蓝色鞋子。

鞋子很小，只能够容纳一双很小的脚。可是它藏在石海的抽屉里，如此安然。包裹细致，不染尘埃也没有破损。

但是，这双鞋子曾有人穿过，那是一种女人的感觉，灵验无比。石海打我的手机，他的声音很沉静，说，“把鞋子带回来。”

我压抑着情绪，冰冷地说，“丢了。”

那头传来的话，使我心凉，“在分手和找回鞋子之间，你选一个吧！”我愤怒地丢了手机，然后丢了雨伞，丢了鞋子，自己的。

如果你在6月1日那天经过这个城市的某个十字路口，你一定会发现一个难过的女人，光着脚站在雨里，有伞也不用，手里提着一双鞋子，不知道如何是好。

什么样的女人穿过那双鞋子

我回去了，带着鞋子。

石海什么都没说，只是温柔地说，“汤都要冷了，快来喝吧，是我做的，你尝一下好喝吗？”

我默默地走回房间，把鞋子放回原处，它有塑料口袋的保护，依然干燥，我浑身潮湿。擦干头发和脸，我靠近桌子，坐下喝汤。

汤水尚是温的，味道很悠长。

曾经，我们那么甜蜜，共饮一碗汤水，分吃一个苹果，构成一个完整的拥抱，但现在，我们距离那么远，只是一张桌子的距离，距离却远到我觉得自己似乎从来没爱过他一样。

灰心到极点，也许就是这样的感觉。

我收拾好碗和筷子，他一直安静地看着我，说，“回来就好。”

我扭过头，对他微笑了一下，说，“再见。”

他愣了，“你这是什么意思？”

我说，“分手的意思。”

出门右转，再右拐弯，然后向左坐572路车。就这样分手吧，雨水之后，空气如此干净，夜空很寂寞，但是，我深深呼吸一口气，抬起头，让眼泪干在眼睛里。

他一定困惑我既然回来了，为什么还要分手。

我却更加困惑，究竟是什么样的女人穿过那双鞋子，居然可以一直藏在他的心里。我与他恋爱两年，敌不过一个旧日的影子？

她就是我的情敌

轮到石海软化，对我服帖，他不断给我发短消息。因为我不接他的电话。

我也不关机，我看他发的短消息，但是我不回复。我忽然发现，我其实不了解这个同住一个小公寓里七百多个日夜的男人。我不知道他的过去，有着怎么样的刻骨铭心，居然残酷到要我在鞋子与分手之间做出选择。

想了解答案，依靠自己比别人更加有效。

石海的大学同学录里，我找到他提到过的，关系不错的兄弟。可惜，学会保护自己的人，失去了坦率的能力。谁也不愿意得罪自己的同学，更加不愿意夹在他人的家务事情当中。

我几乎就要放弃。

我漫无目的地走着，一抬头，赫然是石海的公司。写字楼并不高，第五层就是他所在的楼层。我蓦然一阵心酸。

然后，我走到旁边的小花坛，扶着栏杆，泫然。一个女子的身影经过，走出十米左右，我忽然想起，那不是一双蓝色的鞋子？

我尾随而去。一直走到一家茶餐厅门口，那女子忽然回过头说，“要不要坐一坐？”

看来，她早知道我跟踪她。我点头，并不退却。

入座，这个女子点了青瓜汁和套餐，安静地进食。我则一直盯着她的鞋子看。良久，我才转移视线到她的面孔，那是一张精致的面孔，以及微卷的头发，皮肤雪白。服务生收走杯盘，她点了一根烟。

原来，她就是我的情敌。是的，我确实不如她。她在他的公司楼下徘徊，恐怕也是念旧，想旧情复燃，收拾自己的山河吧！

但是，她面上满是哀伤，吐出薄荷清凉味道的烟，说，“你想错了。”

我想错了，我不明白。

世界上最无情的折磨

门钥匙我一直没归还，所以，我直接回到了那个小公寓，城北花园102 室。我早该注意到，那双鞋子虽然款式一模一样，但却略大些。那不是同一双，所以，故事是另外一个故事。

她叫阿桑。

在午后寂静的餐厅角落，屏风的阴影落在她的面孔上，阿桑哀伤地说，“你和我都是喜欢石海的人吧！”

我点头。

阿桑笑了，却落寞得像最孤独的旅人。她继续说，“我们都不过是别人的一个影子。”她伸出手，抚弄着我头发。那头发本是直的，我去做卷曲了，只是因为女为悦己者容。

因为，石海告诉我，他喜欢女人卷发。

“直到如今，我想要见他，条件是穿上蓝色的鞋子。可是见到了他，他又会摇头，说，‘不，不是这样子的，你穿不出她的味道。’”

阿桑熄灭了烟，说，“我是不是很可怜？一个女人，固定每年的夏天，都会去接受一次嘲讽。”

如果她可怜，我亦一样。

我理解，谁没有过恋爱呢？我们都是成年人了，年少时候，谁也不是木头人，难免爱慕过，伤痛过，被别人抛弃过，或者抛弃过别人。

可是，藏在心里，抓不住证据，也就当不存在吧。

如今，那么一双蓝色的鞋子，漂亮而充满了女王的傲慢，安然坐在你和你爱的人之间，无疑是世界上最无情的折磨。

所以我想要丢掉它们，但是，我却乖乖地认输了。

那时候，男人只是男孩子

灯光明亮，我与他面面相对。石海显然没有料想到，我会主动回来了。他有点不知所措，然后有点笨拙地拥抱了我。

许多男人的初恋，都是笨拙的。那时候，男人只是男孩子。

那个月亮一样照耀，让我和阿桑都变成了影子的女人，已经结婚了。新郎，自然不是石海。

当初，他有点忧郁地伫立在列车站台上，手里拿着一罐可乐。我则从西藏旅游回来，那是六月的天气，炎热难忍，口那么渴，我说，“可以把你的饮料借给我喝吗？我待会还给你。”

于是我认识了石海。

我并不知道，那天，正是他送走初恋的时刻。初恋是在三年前与他分开，嫁给了一个外国男人。中间一年，他还遇见了阿桑。此后两年，便是我。

他与初恋大学相识，誓约走进教堂。可惜，事与愿违，年轻的爱情，总是不够坚定。眼睛深蓝色的外国人太热情，悄悄改变了初恋的心。初恋于是迷恋上了蓝色，她要他买了一双蓝色鞋子。

鞋子只穿过一次，那一晚她却与外国人跳舞去了。蓝鞋子她退回给他了，她跟着外国人离开了。

蓝鞋子，初恋没有机会穿了。初恋曾是他的小公主，但公主嫁的人，却不是他。因此，他舍不得丢，又不知道如何处理，只能够长久地，藏在抽屉里。

通往石海的初恋情人

石海不知道我回来的真正意图。他还以为，我终于回心转意，什么都不计较。当然，我确实在做最后的努力。

那个晚上，我们最热烈地亲吻，浑然忘却我们之间，其实存在深深的沟壑。第二天，他告诉我，即将被外派出差，让我照顾好自己。

我说，我会照顾好自己的，你放心，我等你回来。他放心了，提上厚重的行李，关上门，把自己的身影隔绝在外面。

在这个世界上，很多事情女人可以不计较，但绝对不能够不计较爱情。

我头发飞扬，动作迅速地把蓝鞋再度偷出。

只是这一次，我不是企图丢掉，我在邮政绿色的大厅里，亲手包裹好，写上一个遥远城市的地址。

那个地址，通往石海的初恋情人。石海的初恋情人，叫吴芳华，一个不算特别的名字。

她的名字和她的地址，我是如何弄到的？这要感谢阿桑，她告诉我，外国人在中国南方一个城市定居了，芳华自然也跟着。

阿桑见过我，似乎终于决定放手。她给我打的最后一个电话里，幽幽地，像是对我说，又像是在对自己说，“这个男人很好看，只是不属于我的，我已经意兴阑珊。”

此后，我在路上见到过阿桑，她大声而快活地笑着，挽着一个洁净斯文的男子。那男子怎么看，我都觉得有一点点眼熟。

吴芳华会在一周以内，收到这份迟到的礼物。我仔细写下石海的名字，石海的通联地址，还有石海的手机，甚至他的MSN。

我疯了吗？没有。

回来路上我走过天桥，这个季节，最早的莲子已经有人在贩卖。我兴趣盎然地和一个摊贩开始闲聊，最后，我买了半斤，以很便宜的价钱。

我剥开碧绿鲜嫩的壳，吃了清甜的莲子，风吹着裙子，前所未有的惬意。

穿上了，也就不过如此

时光本无罪。

关于爱情，你是不是心中藏有遗憾？这没什么了不起的。每个人心里多少都会藏着那么点的。

石海回来，六月过去，已经是仲夏。

石海却没有通知我回来的具体时间，所以我也没办法去接他。尽管，我是那么想念他。

门铃忽然响了，我打开门，他站在我面前，衬衫雪白，面色淡然。他看了我一眼，眼神极尽深邃。

我知道我是焕然一新，我恢复我的直发，我不穿白色裙子，我拒绝蓝色鞋子。我就是我，不是芳华，也不是阿桑。

石海出差的城市，距离吴芳华的城市，只有两个小时路程。他们一定见过面了。石海一定会发现，吴芳华穿上了那双蓝鞋。

越过光阴的流转变迁、时空的交替无常，爱情终于有了一次重温。只是，穿上蓝鞋的芳华，想必找不回当年的美丽芳华。芳华愿意见他，但是只是见面，就算有亲密，也不过是落叶与落叶的一个碰头，最终还是会分开的。

人生无法重走，爱情也不可回头。芳华不会为他抛弃家庭孩子。

那蓝鞋，本也不值什么，只因为依附在遗憾之上，就顿时占据了石海心房最私密的一处，令他耿耿在怀，不得释然。

现在，石海应该已经释然了。

穿上了，也就不过如此。前尘旧影，统统散去。

在那深邃一眼之后，石海用力抱住我，那么用力，我的呼吸几乎要停顿。他说，“我爱你，我们结婚吧。”

我大声叫着，“好，就今天吧。”

到如今，这个世界上，愿意留在石海身边的，也只有我了。

王荣轩　摄影

从尘埃中开花

他　的　脸

天气太好，阳光用可以渗透进身体的热量，蒸腾着空气。这是个夏天，最盛的盛夏。还是要去上班的，瘦骨嶙峋的舒佳等在站牌前。所有的出租车似乎都有客人，而时间逼近被公司头儿破口大骂的极限。那就坐公交车吧。

十五分钟路程不远，但五分钟后，舒佳眼睁睁看着自己的手从吊柄滑落，气息艰难，往后倒去。

脑袋里，闪过最后的意识，这一倒，怕是要摔得很痛。

终归没有倒在地上，倒在了一个怀抱里。身体有了支撑，力气就稍微回来一点，头脑也清醒了。

终于看清楚是谁救了她，一张晒得发黑发红的脸，眉目是端正的。但是可以肯定无疑，是个年轻的男人，并且，绝对不脱平凡的职员身份。舒佳说谢谢，坚持站好了，下车。那年轻男人居然跟着她下车了。舒佳走到公司门口，回头说，“还有事情吗？”

年轻男人摇头，“没事，我在这里上班，新来的保安。”

大厦的名字以“金”字开头，高耸，华丽，但是在里面工作的，不仅仅有十九层的模特公司，做模特的舒佳，还有保安。比如这个新来的，年轻的男人。

舒佳转身，走过充满冷气的大堂。身后有一种仰慕的眼神。也许她感觉到了，也许她没感觉到。

我的名字

很快，熟悉了岗位。他表情严肃，而且认真负责。保安的套装，在年轻而颀长的身体上，有一点帅气。没有人的时候，他在登记本的最后一页，漫不经心地写写划划。忽然，他就写出了一句话，“你好，我的名字叫樊南，你的名字是？”

他就呆了一呆，似乎明白了什么。

这个你好，这个你，不是泛泛的，是对应着一个特别意义的女孩的。习惯了环境，人是会改变一点点。工作两个星期，最初上班每天严肃地登记，把每个人当隐藏的坏人审查一番。现在，他开始熟悉了进进出出的面孔。熟悉了，就可以攀谈起来，和其他的人。

十九楼的是模特公司吧！那么当模特的女孩子，怎么那么瘦啊！好几次，看见她们在电梯里就晕倒了。

这有什么稀奇的！十个模特，九个每天就吃苹果餐。

什么是苹果餐？

就是一天只吃两个苹果。怎么能够不瘦骨嶙峋，不晕倒？为了好看上镜，这个是应该付出的代价。

樊南明白了。那一天，在公共汽车上，那个女孩是热晕了。那个时候，那么叫人可怜，恨不能够一直抱在怀里，不让她吃这份苦。这样漂亮的女孩子，何必折磨自己，他总是觉得，苦该由男人来吃的。

她的头发很长，依稀有柠檬的香味。她叫什么名字呢？做模特这么苦，能够赚多少钱？她还记得发生在车上的那一段小插曲么？晚上睡觉，樊南第一次失眠了，辗转反侧翻来覆去。

想得到答案，就要去发问。不过发问的对象，还是十九层以外的人。

答案纷乱，几乎晕了樊南的头。模特啊，好的每个月八千一万，被大款看上包了的就是几万、十几万挥霍的都有。还有的很清贫，钱积蓄起来当嫁妆，吃青春饭的啊！还有的想当明星，给导演什么的当情人，什么样的都有。

樊南的世界，与那个女孩子的世界，平行在一座大厦里，差距却足有十八层。他的心就往下沉去了，不用计算，如果他一直做这份职业，一辈子，也跨越不了这样的距离。

有一点难过

舒佳于是就常常能够看到那个年轻男人，坐在大堂的右边中心。一张褐红的桌台，摆放着一支笔，一个来客登记本，以及像所有保安那样的腰间别着对讲机。只是，套装穿在樊南的身上，很不错。看见舒佳的时候，樊南就对她笑，一点羞涩，眼睛是明亮的。但再也没说过话。

太阳渐渐晒得少了，有时候，舒佳可以发现，他的脸色白起来，不是当初又黑又红的了。

好感是一种奇妙的感觉。来的时候，没有声息，一下子就占据了心间。

舒佳从此习惯上班进门，向右边微微偏去。还是不说话，为什么不说话？

人稀少了的时候，舒佳下楼来，故意经过他。樊南在本上写着东西。她走近了，他警觉到，抬头依然是笑，日渐温和的面孔，似乎渐渐英俊了。笑的同时，手很自然地关上本子。

怕是情书吧！却不知写给谁的。舒佳忽然觉得有一点难过。

我有什么资格爱她

我有什么资格爱她？她的位置是公主，那我就是仆人，樊南想。他出身太简单，工薪家庭，没有好好读书，沦落为一个小保安，有什么条件去爱一个漂亮的、与他不在一个生活水准的模特？

这一年，电视里的新闻也极其热闹。戴安娜王妃出了车祸，八卦横流，查尔斯王子，居然一直爱着一个又丑又老又结过婚的女人。舍美貌而娶老丑的女人，真难理解。樊南想，那个女人就一点也不自卑？

电视里，也还有本城的模特表演。闪亮登场的模特里，他努力找一个身影。很遗憾，他总是能够找到。他多么渴望，她不够优秀，做不成星光灿烂、高傲的模特？可是做不成又如何？

樊南将一张一张单片的纸，细致地包成一包。收进桌台最底下的小抽屉。

樊南辞职了。

谁 先 说

如果他再不开口，那我开口吧！舒佳很想约他晚上去江滩。但是公司的表演行程，安排得太满。星期一见到人，星期六就已经飞往其他城市。

这一次回来，飞机上，舒佳觉得，她不能够不开口了。

助手背着行李，舒佳走进大厅。在老地方伏着头，是一样的浅黄色的保安服。她走近，递过去一个盒子，给你的礼物。

那个人接过了礼物，抬起头，不是那张脸。“怎么你不是，以前那个樊南呢？”她急切地问。

“他辞职了，真是多谢舒小姐。”这个保安受宠若惊。

礼物顿时失去意义。舒佳失落地上了电梯。背后是保安的赞美，舒小姐真是漂亮又大方。

有些人，总是在失去后，忽然发现自己其实非常非常地爱。舒佳开始吃东西了，说不清楚为什么，但是控制不住的暴饮暴食，像是报复多年的饥饿。

半年，舒佳的腰围从一尺八，增加到二尺二，她胖了。一个模特胖了，怎么也干不下去了。又半年，她开始重新减肥，用尽办法，没有奏效的。

舒佳退出了，不喜也不悲。走时候，没有姐妹欢送，这个圈子，人人都是心高气傲，巴不得对手走掉。

其实，舒佳一直属于赚钱当嫁妆的女孩子。如果樊南打听清楚她的身世，一切也许就不同了。她十五岁，没有钱继续读书，于是逼着父母借了最后一笔钱，独自去考模特。二十岁的时候，成为了公司的一大台柱。但她厌倦，厌倦一天到晚饿得头晕眼花，三餐只吃两个苹果。天天担心第二天，腰身套不上那些华服。踩着高跟的猫步走完，回去全身疼痛……

嫁个老实人，多么好。但是，首先要有爱，相互爱上。那天公共汽车上，一次怀抱，她其实心在狂跳，可是她是矜持的。她是值得被追的，那么近的机会，就是缘分了。

只是，咫尺错过，就顿时天涯。

四年之远

辞职之时，他二十一岁。二十一岁的年轻男人，有足够的时间改变自己。奔赴的地方，是才开发的南方地区。

日以继夜，一步一步往上爬。奋斗努力听起来遥远，其实如鱼和水，冷暖只有自己知道。

樊南做到了。他尝到了，身边被漂亮的女孩子环绕的感觉。这感觉不是不好。只是，眉眼之间笑语温存，都进不到心中。她们都没有通行证。通行证，应该就是长发下一张消瘦漂亮的脸，嶙峋的身体，触摸起来骨头硌人，才能心生怜爱，无限怜爱。

樊南一直在找她。现在，更加迫切。

人海茫茫。找到一个失去联系的人，很难。

找到第一家公司，说，曾经有个舒姓的小姐在这里做过三个月，但工作业绩不大好，就辞退了。

樊南便心痛，她必定受了委屈。

他继续寻找。

他猜测错了。

舒佳嫁了人。她结婚了，然后又离婚了。但是她未尝委屈。如果不能够嫁给一个所爱的人，那就嫁一个爱自己的人。

这个爱自己的人，是模特台下，曾经的嘉宾。逼近中年的男人，才能够以丰厚的实力坐到嘉宾席位上么？这些都是题外话了。在一个人的一个城市里，舒佳无法拒绝最寂寞时候，始终绅士一样等在门口的人，鲜花握在手中，晨昏无阻。

离婚，也不是因为他不好。是舒佳觉得不好。身边的人坚忍地等待，等待她的心收回来，安定下来。舒佳没有想到，只享受被爱，而不爱身边朝夕相处的人，原来也是会有罪恶感的。起居的流水日子，这个中年男人早起，连带拖鞋，也轻轻放在她脚边。如何心才会安？舒佳眼泪流下来，说对不起。舒佳提出离婚，理由，照实而说，如实道来。

跌进尘埃

樊南再找到她，没有直接上门。电话打过去，你可记得我吗？你肯定是不大记得了。我是那年车上，扶住你，一个大厦的保安……

信，不长，在樊南手上展开："我现在，算什么，什么都不算。我没有当年的漂亮了，已经是二十六岁的前模特，只是一个有过婚姻的黄脸女人。"

樊南顺着地址，找上门去，落了空。

舒佳搬家了。

搬家比较远，离开之前，舒佳忍不住回一次旧日的公司。大厅依旧，座位依旧，连换过的保安，也被换了。

要进公司，舒佳看见保安人员在招手，"小姐，请登记。"她愣了一愣，笑了，到如今她已经是陌生人。她写下名字，保安人员发出一声小小的惊讶。"是你吗？"

"是我，怎么了？"

"这里的保安桌台最下面的抽屉，有一叠日记，每张纸上都有你的名字。"她没有当众打开看。

在临时住的宾馆，轻轻拆开，同样的内容，在每张纸上重复。时间，恰是那一天开始，打算讲出的时限为止："我算什么，有什么资格去爱舒佳小姐，我算什么，只是一个小小的保安……"黑色的笔记，绵延了整整一百多个，意味着，同样多的日夜。

舒佳真正呆住了，眼泪再次滑过。女人在爱情里，会把自己跌进了尘埃。

其实不止女人，男人也会这样。因为卑微的尘埃那么深，跌进去，就深深陷进去了，连爱也觉得没资格了，也就错过了。即便在手边，也会退缩回去。

爱，原本是无论资格的。

唱最悲伤的歌

“能不能不要那么文艺?”夏成悠吼道。

自己都搞不懂为什么会烦成这样，当初她听着广林翻唱许巍的歌，听得入迷，陶醉时候笑容在晚霞里川流不息神采飞扬。广林一遍一遍哼着恒久不变的平调。那个大学礼堂的最后一次聚会，毕业散场，他唱完了《蓝莲花》，他说，“我爱所有行走的诗人，我爱许巍，我爱我们的青春，我爱我的那个她。”

他说得声嘶力竭。

仅此一次。

夏成悠就在舞台下面的走道上靠着墙壁哭了，中午去应聘化好的妆终于在黄昏之后花掉了。他们谈了三年恋爱最后熬过了毕业时各自飞的魔咒，绑在了一起，像是飞渡了泸定河的红军，像是登陆了诺曼底的盟军。

“许巍就是文艺名词套名词，总是那几板斧。你知道吗？时光憔悴了脸，僵硬了灵魂，那几板斧劈不开我的心了。”夏成悠说完，沉默了，她只是意识到，原本打算好地平静说分手，演变成这样的情景，不好收场。该怎么收场？

广林闷在床上，许久许久转过头去，他说，“对不起，我早该放你走。”

夏成悠就走了。

广林又开始弹唱了，他已经在无数人爱光顾的群光广场八楼餐厅里唱了一下午。他还没有唱够了吗？他的声音都嘶哑了，他一个下午可以赚到一百块。一个月他能够唱到三千块，但是这个城市的房价从零首付单价三千一平方米变成了一万一平方米还是郊区。

重要的是钱吗？是的。长久不安定的生活。有时有餐厅要演出，有时没有餐厅要演出。有时候广林还要跑周边城市，自己一个人在房间里看电视，等电话，像个傻子。

夏成悠抱住了脑袋，让那声音不要入耳。

人　生　啊

夏成悠问身边的女伴，“神龙汽车公司的男职员值得谈吗？”

女伴说，“当然”。

夏成悠又问，“神龙汽车公司的男职员并且有房子值得谈吗？”

女伴换成了英文，“of course”。

夏成悠仿佛痴呆了一样继续问，“那神龙汽车公司的男职员并且有房子并且身高一米八并且对我还蛮温柔值得谈吗？”

女伴摸摸她的额头说：“你疯了吗？”

“怎么？”

女伴说，“毫无疑问马上嫁啊！还用得着问吗？”

夏成悠喝干杯子里的液体，说，“我真想醉呀，真想醉。”但那不过是味道幼稚的冰冻果啤。所以她没有醉，她只是在开了暖气的小房间里哆嗦了一下。她和女伴分摊房租，各人一个房间。她选了便宜的小的那个。多的钱在银行里象征着安全感。什么都抓不住，除了钱。

女伴说，“你真的和他分了？”

“分了。”回答简洁利落清脆干爽，像是搭配果啤的薯片。

她却喝醉了。

躺在床上晕糊糊的。有时候想醉的主观意识足够强烈就醉了，关酒精什么事。

女伴叹口气退出房间，说分手的是她，烦恼的是她，拉人吃东西唠叨的是她，现在累了装死人的也是她，女伴说，“你好好休息。”

这段感情，她死不瞑目，脑袋里都是空白。

在这个荒谬的世界

广林这个名字每个字都普通，不像会弹会唱会抒情会搭讪女孩子会放电会在舞台上让听众流眼泪的校园歌手的名字。

那个年代校园歌手跟现在这个年代的校园歌手，似乎没多少区别。区别是广林重新被邀请回大学，不是表演而是在台下当评委。

夏成悠也被请回了。

各在一排座位的两个极端位置。东西两头，遥遥相隔。

她是本地小报的记者，跑线教科文卫，不冷门也不热门，不比经济线的同事见识大老板，也不比副刊部总和酸腐文人打交道。她还兼顾报道本地大学新闻动态，从校长发言换人到大学的联合比赛。

真尴尬。

转移，注意力很快被手机短信转移。汽车公司的上班族并不比歌手少浪漫的神经。就算少，难道不可以从网络上扒吗？只要他愿意给自己一发再发，塞满了收件箱。对，尤其是他说，“宝贝，我们明年就结婚吧！”

是啊！明年，明年只需要半个月就到了。

校园比赛离她不带一物地说分手走人也只是一个星期。

转过头去，广林还是广林，木头人一样坐在角落，刻意地回避。

台上进行到高潮部分，下面呼喊着，拿手机挥舞，暗里光电如星斑，如萤火虫。有年轻的主持人大喊，“现在，让我们欢迎学长，知名的民间歌手广林……”

呵，夏成悠不知道该哭还是该笑了。

那些热情，并不太久远，现在看来却如这个世界一样荒谬。

“在这个荒谬的世界，爱你是唯一的真理。”广林说过，是在夏天，在大三那年，在这个城市房价五千多，他说将来要有属于他们自己的家，在图书馆门口，在一次校园篝火晚会结束后，在星空下，他顺手拿了一支玫瑰递给她。

不过是充当节目摆设的玫瑰，为什么那么感动？

为什么？

两个相爱的人

爱也会累，会倦，会不知所措，会迷茫。毕业不是过大关，毕业不过是跳过一条小河流，转身进入了丛林。社会只相信丛林法则，不相信校园情怀。

女生宿舍里A嫁了，手指上透明的石头儿，据说抵得几年前一套房子的首付。B离了，据说鬼佬将带她到冰天雪地的挪威吃鳕鱼，天知道是不是鬼话。C生孩子了，把照片放在同学录上惹来一片羡慕。那漂亮的小婴儿宣告什么理想什么未来什么人生什么光荣，都是西北风。

抱着《光荣与梦想》的新闻系大一女生夏成悠，以及来自彩云之南的民声系音乐才子广林，都不见了。

上哪去了？

台下，只有两手轻轻鼓掌的小记者。她所在的晨报销量一年不如一年，工资像山体滑坡。她也想帮他弄几条新闻炒作一下，但最后证明，工业化社会优质包装只有大公司才能提供。

现在的孩子不听许巍不听窦唯，许巍签约投靠主流了，窦唯放火烧《新京报》员工的车被告上法庭，王菲跟李亚鹏都离婚了，又跟谢霆锋久别重逢。

夏成悠爱的诗人歌手也不见了，只有一无所长的民间知名歌手的学长。

有许多许多的学生在喊，再来一首。他们不关心唱歌的人唱什么，他们只爱那调调。广林低着头说，“谢谢，那再唱一首《时光》，来自许巍。”

两个相爱的人，时光居然如天敌。

志趣相投聊开了

名词，美好的名词。歌词都是美好的名词，讽刺现实。他的声音低沉磁性，其实比许巍都还好听一点。但是，房东的嘴脸，寒冷夜吹着老空调，父母窘迫提供不了首付，单薄的工资只能温饱，房价在涨，一切遥遥无期。

他说，“租房过一辈子也不错啊，找个好点的。外国好多人是这样的。”

自己是怎么回答的？夏成悠记得，记得，自己那么生气地回答说，“你说这话不唯心吗？”

他乡过客的感觉，太凄凉了。被第三个房东赶出来，拖着行李拦截小货车，是多么狼狈多么落魄。她甚至被逼到无奈，说，“我写稿子批判你。”中年妇女不看报纸，愣一下反问，“什么是批判你！”

夏成悠大笑了。然后，在广林沉默的肩膀上哭了。迷人的男生，是怎么变成庸常的男人？

出了学生礼堂，广林跟在后面，一直到她上了的士，忽然举起手，挥舞了一下。夏成悠点一头表示都看见了。车还没开出，他忽然奔跑过来，鼻子嘴巴都几乎贴在车窗玻璃上，他的呼吸很缓慢，语调也缓慢，他问：“什么时候结婚？记得给我喜帖。听徐徐说那个人条件不错，以后要好好生活。”

“一定。”她说。

她又说，“请问一个问题。”

他说，“什么问题？”

她说，“请问相爱的人是否熬得过时光？”

那么那么的文艺腔，像他们在文学社里见到的时候，第一面，就志趣相投聊开了，就交换了号码，就保持了联系，就开始了恋爱。

他的目光那么黯淡，天已经很晚了，司机等得不耐烦了，一再催促，说完了没？

广林只说了两个字，晚安。那么温柔，像是大二大三大四，每个夜晚，依依不舍挂电话前必然的功课。像是毕业了两年，在蜗居的房间里，已经并头而眠但仍然坚持的良好习惯。他说晚安，然后，她才能够安心睡去。

也许你记得

“找份工作吧！”她说，曾经充满恳求地说。“不是动荡的，不是朝不保夕的，不是听候餐厅老板酒吧主管吩咐飞奔而去的，而是工作。两个人一起像别人那样，开始存钱，甚至找同学朋友拉下面子借钱凑一点付了首期然后一起过下去。”

广林还是沉默。

沉默的尽头，他说，“对不起，我早该放你走。”

这算什么？

的士的车厢里，司机在听歌。听的是新歌。年轻的司机轻微摇晃着头。

没有什么神龙汽车公司，没有什么有房子的职员，没有什么身高一米八的好男人。

那些短信塞满了手机，但来自另外一个熟悉的号码熟悉的手机。

是的，什么都没有带走，只带走了他的手机。

那么心酸的游戏，自己跟自己发，发得如痴如醉。幻想的男人，与现实的广林，始终无法融合一体。她世故了她低俗了她不再青春骄傲，怀着梦想坚定爱情。

“回家吧！丫头。”上了年纪的父亲说。半年前，父亲就这样在催促。

好！如今，可以下决心了。

回家了，靠关系找的国有单位，再去相亲，和许多许多靠谱会过日子的城市青年。

“广林，你会飘泊下去吧！你还会到哪个城市去？你一定换了新手机新号码。”

这年头，逃离北上广的人，又回了北上广。

在武汉这地方，她不会再离开。

夏成悠左手拿着自己的手机，回复短信，右手口袋里闪亮了，提示有新短信。

她开始喃喃自语，用无人听得见的音量。

也许有一天，你会坚持理想找到赏识你的唱片公司。

也许没有那一天，你和无数沉默的民间歌手一样，不得志到老。

不知道，你是否凭借记忆，记得我的号码？

也许你记得，但我无法再等你。

这大概是一首最悲伤的歌。

喂金鱼的女孩

楼下新开了一间店子。满满的、花样繁多的金鱼。那些金鱼各自居住在自己的鱼缸当中，看不出悲伤还是喜悦。总之，它们吃饱了就睡觉，睡觉完了，继续会有人给它们喂食物。

喂食物的女孩子，叫小想。

于磊回来，会进来溜达一圈，有时候，他还会拿手指逗一逗门右边鱼缸里的一条红琉金长尾。

他一直没有注意，那是唯一只有一条金鱼的玻璃鱼缸。

叫小想的女孩子总是低头看着一本小说，耳朵里塞着耳机。所以，那些进来想买金鱼的人，都不得不轻轻拍着桌子，提示她。

于磊不需要买金鱼。

所有单身的、无固定的职业的男人，都是没能力养金鱼的。因为他们自己都需要女孩子的照顾，怎么可能去照顾娇气的金鱼？所以于磊从来没叫女孩，女孩小想似乎也从来没留意过他。逗完了鱼，他就上楼睡觉去了。

只赏不养

这个星期六的下午，于磊像以往那样伸手摸摸那条红琉金鱼。但那条鱼显然腻烦了他的骚扰。你看，有些人就是这样讨厌，不想带你回家，却偏偏表现得对你大有兴趣。当然，可以这样狡辩，我只是欣赏啊。只闻花香不爱花，只赏不养。

有人拍了于磊的肩膀，是那个女孩子。

“你究竟买不买？”

于磊就按照上面那种逻辑狡辩了。

“不买，但是我喜欢看它。”

女孩子生得的无比温柔的相貌，却霸道地说，不买就不许看。

于磊就偏着嘴巴笑，然后说，“这样，我给你每天养它的钱，你代我养好吗？”

女孩的脸就红了，就那么忽然的红了。她点点头说，“那请你交钱吧！”

于磊打开和他的人一样消瘦的钱包，里面都是零钱。他倒是一点也不尴尬，数出十五块钱，扬手给女孩。

转身要出门，女孩叫他，“你还没问我的名字呢？我叫小想。”

他挥手说，“哦，我知道了，小想，明天见。”

是的，他又要回他的狗窝，看整夜的影碟。这个不求上进的男人，好像活得很滋润。

她听着他的呼吸

当你安心地过日子的时候，四季流转得会特别快。一场一场的雨下完，夏天就过去了。

天气渐渐冷起来。小想不再看小说，也不再听音乐。而是拿出毛线编织一件东西。形状渐渐出来，是手套。

需要整箱买鱼粮的时候，小想不再打电话叫搬运工人，而是叫他的名字，于磊。于磊就住在她的楼上，听得见她的叫声。于是于磊就慢悠悠下来，头发乱而长，下巴上的胡子一溜像草地。

小想问他，生日什么时候？于磊会愣一下，因为很久没人问这个问题，不过他还记得。

他漫不经心地回答，“八月十三日。”还有一个月，一个月很快就到了。她是个聪明的女孩子，学什么都很快。她说，“这样吧，那天我送你一个大蛋糕，自己做的。”

他兴致勃勃地答应，“那好啊。”

八月十三日那天，小想第一次踏入他的房间。于磊的房间里有废报纸，还有最简陋的家具，旧沙发，一张宽大的床，一把藤椅，却有一套相当相当高档的组合音响。他解释，我喜欢看碟，而且讲究效果。然后，一面墙壁上，是满满的电影碟片。

吃完蛋糕，他们一起看的一部电影，结局是一对男女相互搭上胳膊，跳起舞来。他们站起来，也学着电影人物跳舞。

小想很想说，我喜欢你。却没说出来，只是把她的头放在他肩膀上，慢慢地在十六平方米的房间里转悠。小想听着他的呼吸，不再去想答案。

手握一双手套

他不再出门找点零工兼职了，他就在她的金鱼店里，打理小生意。现在换成她自由散漫，只需要在旁边看那些鱼。

赚的钱不多，却足够买食物，交店铺的租金。

秋天就要结束了。有一天，小想趴在柜台上，对他说，“我们把那缸红琉金长尾搬到楼上的房间去吧！”

于磊歪着头说，“摆放在这里挺好呢，我楼上空气不好，潮湿黑暗。”

小想闷闷不乐，又问，“你说，给它找个伴好么？”

他回答，“好啊！你这里金鱼这么多，那很容易。”

小想不做声了，只是点点头。

红琉金长尾仍然寂寞地游荡着。她的手套已经编织完，赶在冬天到来之前。可是，冬天带来的不仅仅会是雪和寒冷。

先是小雪。

小雪下完，于磊出门去了。小想知道他去做什么了。于磊去迎接他回心转意的前女友。三天三夜，他没有回来。

看不见他的日子，小想把店门关上，寒冷的季节，养鱼的人也少了。她坐在空荡荡的店铺里，面带微笑。因为她想起几个月来，他们相处的快乐。

于磊生日那天，蛋糕抹在他脸上，她的脖子上。他们嬉笑着，打闹着，踩烂了他唯一的旧沙发。小想有于磊的钥匙，他们还躺在一张床上，说一些漫无边际的话。小想从来没说过她有多爱他，她甚至没有说，要于磊为她做什么。

现在，小想只能够一个人，手握一双手套。对着一尾寂寞的鱼。

所有的鱼都没有了

于磊一直等到雪化掉，航班重新开放，等到了宋瞬回来。宋瞬一把抱住他，说，“我和那个男人分手了。我知道你一直在等我，我现在嫁给你，你一定要娶我。”

于磊紧紧抱住瞬，眼睛发酸，连声说，“好的，好的，我娶你。”

当初，宋瞬要和于磊分手，也是那么直接地告诉他，“我要和你分手，我觉得我们在一起不会幸福，你太不求上进了。”

是的，于磊不求上进，他是一个艺术院校毕业的男人，成日做着旁人看着莫名其妙的事情。游荡，不找正式的工作。

分手以后，于磊更加没有必要改变了。他即使求上进，恋人也不会看见。这两年，他一个人在城市东边，坐车到西边，随手给人画几张素描，赚几十块钱吃饭。回来路上，于磊看见新开了一家卖金鱼的店铺。于是，有时他逗一逗色彩斑斓、可爱漂亮的金鱼。

为什么要逗那条红琉金长尾？

也许只是因为，于磊和它一样寂寞。

于磊从来没想到，小想也和它一样寂寞，等待一个伴侣。于磊从来没想过，那条金鱼会不会是她故意单独养在一个鱼缸里？

于磊回来收拾东西，然后打算请小想代为交最后一笔房租。他要退掉三楼的房间，跟着宋瞬一起离开这个城市。

可是，于磊看见金鱼店铺的门是关着。

他想，小想这个丫头，这样早就睡觉了？他有钥匙，于是从容地打开门，里面已经空荡荡的了。

所有的鱼都没有了，只有一条红琉金长尾，和一个玻璃鱼缸，孤零零地放在柜台上。

那条鱼，已经僵硬。

鱼缸下压着一双手套和纸条。纸条上是那么难过的两句话。

“金鱼原来从不戴手套。”

“小想，今天是你的生日，没人陪你，你自己要快乐。”

小想，小想，你在哪里？于磊大声地叫唤。可是四周一片静寂。于磊一直觉得他等宋瞬，心里只有宋瞬，只关心宋瞬。可是，现在他觉得，那条僵硬的鱼让他的心疼痛无比。于磊答应宋瞬，也许只因为，他是那种有求则应的人。

有些人不知道自己究竟爱谁，以及爱得有多深。

上帝只好用失去令他觉察。

用自己的方式去爱人

在这个世界上，我们都在用自己的方式去爱人。

但只有像手掌遇见了手套那样，才会热烈地拥抱在一起，成全爱。这世上有三种人吧，有些人一辈子只会暗示；有些人会热烈地大声要求

“我爱你，我要你娶我”；还有些人，如果别人不索取承诺，他就永远不主动承诺。

于磊，是最后的那种人。

宋瞬是第二种。

小想，则是第一种人。

金鱼遇见了手套，或者手掌遇见了鱼缸，那么，就让我们无奈地走过落寞的雨天街道，一个人。

金鱼从不开口说话，不会说我爱你。手套只会默默地，默默地温暖一双手。

于磊永远不知道，还是在艺术院校读书的时候，他姿态怪异地走过学校，小想的眼睛一直不离开他的身影，在许多的日夜。他永远不知道，毕业以后，她在于磊住处附近工作，只是为了能够跟着他，亦步亦趋，踩着他的脚步，数十米开外，在许多的日夜。

终于有一天，一楼的门面出租，小想立刻盘下了店铺。所有的积蓄，她都用来买许多许多的金鱼。一些顾客以为她迷糊，拿了金鱼不付钱就走。只要他们不碰那条红琉金长尾，她一概不会管。她只是继续买回新的金鱼。

小想终于等到他走进来，走进她的金鱼店。

于磊捞起那条金鱼，放进右手手套，出门埋葬在花坛里。

于磊终于没能娶宋瞬。他的影碟和旧沙发椅子，全部不要了。这个寒冷的冬天，他戴着一只手套，左手温暖，右手冰凉，茫然行走在落满白雪的大街小巷。

小想无法知道，于磊最终确定自己喜欢的是谁。

这个世界上，所有不懂得以对方的方式去爱的人，都将遗憾。

下雨天的爱情

我是一个二十五岁的单身男人，打着黑色的雨伞过马路，回到蜗牛一样的房间。城区改造似乎永远没有尽头。这条街道的梧桐被砍了，那边的街道扩宽，而卖早点的摊贩，又少了几家。

眼看着，隔壁三米外，崭新的房子树立起来。新老楼距离那么近，我站在厨房前，就可以看见对面的卧室。

也许你会猜测，我必定看见了什么精彩的内容。不，没有。

准确说，是现在还没有。

只有装修工人在忙碌，搬运、涂抹……

那房间一直空着。但是物品齐全，装修不错。

我可以看见洁白的地板，这很少见，多数人爱暗色调的木板，而这家是地砖。

一个星期过去，房间仍然空着。

刚装修好的新居本来就要空置几个月的。

但是半年过去，仍然空着。

直到，一个男人出现，他在房间里只是间隔出现。第二天，一个女孩子出现。第三天，又是空荡荡的。那个男人和女孩子，似乎有种默契。总之，他们绝对不同时出现。

我看着，有些迷糊。他们究竟什么关系？

强迫别人喜欢自己

但是时间久了，我还是看出一点端倪的。男人出现的时候，非常悠闲，只是走来走去，然后闲躺下看电视。

而女孩子，则放着音乐，扎起头发，卖力做清洁，忙碌得胜过任何一个家庭主妇。她看起来，十八九岁的样子。

看来，因为主人不在家，雇佣的临时钟点清洁工。

不管怎么样，女孩子非常年轻。有着新鲜的皮肤和眼神。有一天早上，大约是十点，阳光刚刚好，明媚而不耀眼。她在窗户上摆了一盆米黄色的小花，我正站在她的对面。她对我一笑，我也情不自禁地笑了。

女孩子转身继续收拾房间，她抱着大堆的衣服放进洗衣机。

我有点后悔，我为什么不和她打招呼呢？单身是一种病，时刻都惦记着寻找治疗的药。

有时候，我也会和那个男主人对面，他面无表情，但是会点一下头，以示礼貌。我当然也是严肃地点下头。

终于有一天，在女孩子出现房间里的时候，我找出一张纸，飞快写下一句话。等她开窗透气，我把纸团丢过去。她表情有些愕然，展开看了，扑哧笑了，看着我，摇摇头。

天就黑下来了。

被拒绝，永远是最叫人难过的事情之一。

但是，有什么办法呢？我们不能强迫别人喜欢自己。

忧　　伤

这天我在楼下遇见了那女孩子，她戴着墨镜，抱着一束鲜花。我当自己从来不认识她一样，假装冷淡地走过去，其实，满是惆怅在心头。

走出五步，“哎”，是她叫我？

是的。

她招手，我疑惑地看着她，她走到我跟前，抽出一朵香水百合，递给我，说，“送给你。”

我愣了，哭笑不得，长这样大，第一次居然有女孩子送花给我。而且，是不久前才拒绝过我的。

我接了花，问，“有意义么？”

她不回答我，只是说，“我叫晴天。”

我笑了，说，“我叫夏雨，不是那个影帝夏雨，是我这个夏雨。”

晴天？下雨？是不是两样无法联系到一起的事？

晴天说，“你可以答应我一件事情吗？”我迅速地点头，说，“我答应。”我是那么心急，甚至没问是什么事。

她说，“你永远不要和那个男人说话。”

我又愣了。

晴天说，“谢谢。”笑着走开了。

然后我陷入前所未有的忧伤。

星期六下午的意外

那个星期六下午的午睡，我梦见了大片的鲜花，然后鲜花当中，一个女孩走过来，问我，“为什么不摘一朵花送给我？”

然后我被警笛惊醒。

在寂静久了的巷子，警笛刺耳。我看见了那个男人，他的表情显得生气和愕然。然后一个穿制服的警察，拉着一个年轻的女孩子，要把她拉进警车里。

血一下子涌上头，那不是晴天？他们要把她怎么样？

我冲过去，把晴天拉出来，我质问，“她怎么了？为什么要抓她？”

警察冷笑着说，“你是她什么人？这个女孩擅闯他人家中，你问那位先生。”

我撒谎说，“我是她的朋友。”然后，我看着那个男人，问，“为什么？你们不是认识的吗？”

那男人冷淡地说，“我不认识她。我是某公司的经理，平时回来少，今天才撞见她，居然在我家里乱转，不知道想干什么。虽然没偷东西，但是这种社会问题少女，也应该惩戒。”

我无语了。

如果真是他说的这样，那我其实是最佳的证人。

我找律师朋友，晚上七点带着晴天从警察局出来。谢了朋友以后，我漫无目的地在街上走。她脸上满是眼泪，默默跟在我后面。

良久，在路灯下，我看着她。

到了夜晚，晴天时候见的东西，也可以呈现出来。

只配暗恋

她暗恋那个男人。在和男人擦肩而过时，她偷了他的钥匙，拿口香糖印下模子。钥匙丢在原地，男人回原地又捡到了。

男人说的没错，她是个问题少女。

她只配暗恋。

女孩和她母亲都很孤独，因为父亲在她十岁那年，跟别的女人走了。母亲也离开她，跑到遥远的南宁去了，很快有了自己的情人。那个成熟的男人，也仅仅嘴巴像是父亲。女孩却爱上了他。她出入他的家中，小心翼翼。

那男人在一次家具明显移动位置后，起了疑心。于是在一个星期六的下午，抓到了她。我抱住她，在灯光下树木的影子凌乱而迷茫。她的手很小，身子也小，只有单薄二字形容。

我忍不住说，“让我照顾你吧！”

她的头还停留在我的肩上，却气息微弱地说，“你太年轻了。”猛然她挣脱我的怀抱，然后向右跑去，我追赶她，她像蝴蝶一样飞进一辆出租车。

出了路口，就是四通八达的新修道路，我无法追赶上了。我喘气，蹲地，活像被初恋抛弃的感觉。一种疼痛洞穿我的心扉，那是失去至爱才有的强烈程度。

之后，我再也没见到她。

倒 计 时

日子继续过着。那家终于装上了严密的铁栅栏以及密实的窗帘，窗户常年都不打开。米黄色的小花，也在窗台上消失了。

千人万人，都是路人。

我发现我和以前不一样了，我总是在擦身过去一个女孩子时候，会回头看一眼。她会是晴天吗？

没有晴天的时候，这个城市常常下雨。阴天我躲在房间里，也不开窗。

也许，晴天也不过是一个假名。

直到又一个半年后，我收到了一封信。

信不长，写着：我是晴天，等你三十岁的时候，我会来找你，中间你不许爱别人。

她知道我的地址？当然知道，她如此熟悉这条街道，铭新街 72 号。

距离我三十岁？还有五年。

还有 1825 个日子。

还有，43800 个小时。

还有，2628000分钟。

还有，157680000秒。

也就是说，我必须以均匀的速度，数完157680000下，我就会再见晴天。

我的时钟开始倒计时。

小心翼翼地接吻

不是不折磨人的，在度日如年地等待里，我自己也不知道，自己能否坚持，坚持等她回来。

我仍然是上班，下班。我的日子，如同一个自助旅行者。人群当中的我，一个人的我，打着黑色雨伞，过马路。没有人关心，也不关心其他人。

新城改造建设当中，梧桐没有完全被赶尽杀绝。碧绿的叶子，青白色的树干，保留了一些。我仰头看它们的时候，会有一种熟悉的感觉，仿佛晴天一直在我身边，没有远离过。

不是没有人对我表示爱慕。但是，我的冷漠明确地表达了拒绝。生命如此卑微，我只是期待着一个需要被呵护的女孩。

但是，我的记忆，停留在那个早上的十点钟。停留在她戴着手套，在窗台上安顿一盆米黄色小花。她的样子，写满对幸福的认真寻找，是那么叫人疼爱。

我从不花天酒地，只赚钱，存钱。第三年的时候，我买了一个中户的房子，搬离了老楼。房间虽然小，但足够成为一个家。门牌上，我钉上四个字，“晴天的家”。我多配备了一把大门钥匙，这把钥匙永远都放在门口方块地毯下。她一定能够找得到，只要她回来。

晴天，我已经为你安置了一个家，你什么时候才会来？夜晚有人敲门，我从床上跃起来，扑奔向门，打开来，却了无一人。

我喃喃自语，晴天，不是你么？不是她，因为门口地面上飘落的，分明是广告传单。我带着失望回到床上。

第二天早上，有人敲门。

我睡眼惺忪，低头去开门。

我看见的是一双很洁白的脚，因为穿的是凉鞋。我从下往上看，那是一盆米黄色的小花。然后，我平视着，看见一张熟悉的脸。

眼泪，流满两张渐渐靠近的面孔。

隔着花，我们小心翼翼地接吻，然后，我们拥抱在一起。

关于爱一个人

“为什么提前回来了？”

“没有提前，我心里给你的考验期就是三年，我是故意说长时间的。”

“这三年你在哪里？”

“你在哪里，我就在哪里。”

我的邻居告诉我，在我搬来后的第二天，有一个女孩子在门口站了一个小时，无声无息哭得泪流满面。然后离开，又回来，手捧一盆小花。那广告传单，其实也是她派发的，以此赚取微薄的生活费。

关于养一盆花，就是晴天时候注意别晒伤，雨天，别淋太多水。

关于爱一个人，就是持之以恒。

一个人愿意等待，另一个人才愿意出现。我的门钥匙，终于不必守候在地毯下睡懒觉了。我亲自交到女主人的手上。

曾经沧海

二十岁以前的人，没几个脑袋上不冒傻气，就算装出勤奋好学博览群书，很超龄，很早熟的样子。越是冒傻气的年纪越热衷发生一些事，我喜欢你我喜欢她我喜欢他。在做这些十分傻气但因为年轻而并不难看的事之时，全部适用于两分法。

撑死胆大的。啊，什么？某男同时跟几个女生交往啊，那个烂人！

饿死胆小的，胆小的直化。

直化拿脚在沙坑里搅拌，搅着搅着地上就多出一个更深的沙坑。上完了体育课，像兔子一样跳远跳到腿软的男生们一哄而散，剩下直化在原地眺望。其实没多远距离，绕场一周也不过三千米。但这段距离要被打破，需要十万马力的勇气。啊？什么是十万马力？阿童木时代长大的人自会明了。

直化闭上眼睛，看了看那时的天空，那时的云，颈椎在仰望姿势保持时间长了之后，有一点轻微的酸痛。好吧，宝熊，我来了。夕阳暮色浓厚无比，直化朝宝熊迈步。

宝熊又高又瘦，像长颈鹿。她在这年这月的这一天，忽然发现有人靠近她，靠近的步骤如同战场上匍匐爬行的士兵。也就是说，这个男生轻轻地而又带有袭击性地在向她进攻。

他说："宝熊……"

"什么？"

他费力发问："你觉得我怎么样？"

"什么怎么样？"

直化语无伦次，"我是李直化，我拿了奖学金，请你吃……"

"我知道你叫什么。我不吃。"

舌头僵硬越急越无话可说，直化抓头。

"我明白了。"宝熊很仔细打量着直化，"我给你一个机会。"

一个机会，伟大的机会令直化喜出望外，几乎感激涕零。

宝熊蹲下，单跪一条腿，"跑赢我，我就答应你。"

其实只有一刻钟，但漫长仿佛很久很久。最初还有意识支撑，最后当一个男生的脑海里忘了天忘了地，忘了爹娘，忘了最喜欢的女生，只想着肺，我的肺，要爆炸的肺，他是何种心情？直化扑倒在地上了。在跌倒的同时下意识两手抓满了沙子，沙子漏掉。直化在地上抬头看着弯腰喘气汗如雨下的宝熊，绝望这个词，第一次从书面进入了他的思维里。

多刻骨铭心啊！

他在操场上追赶了她接近九圈，他筋疲力尽。

在兴奋热闹的观众眼皮底下，直化跑得瘫掉了，而女生擦擦汗走了。走之前，她望着直化，笑了一下。

直化，直化，你自讨没趣自取其辱。直化心情复杂地爬起来，默默走回教室，并默默地把对宝熊的感情从爱恋转变为——恨。

死就死吧，或重于泰山

后来很多次，直化在半夜忽然醒来，会产生幻觉。幻觉中他又回到了那个备受屈辱、彻夜羞愧的中学时代。回到了那一天，众目睽睽，一身碎沙子霍霍地往下掉。决绝、残忍、不留颜面，宝熊超过了他，跑到前面去。那种愤怒、战栗与伤心，走遍直化全身。这个噩梦伴随他考上了著名学府，作为耀眼的头名进校资优生有了一名弱不禁风的女朋友。人就是这么一点点学乖的，吃不消强悍的女孩子，那就找个降服于自己的。

直化常常鼓励自己，虽然我没有强壮的四肢，但我有智慧的大脑。无论如何这个日新月异现代化的世界对大脑显然更看重。

只在有些偶然的机会里，还是用得上男生搬搬抬抬。大二下学期，他的女朋友换了一台21英寸的显示器，又不想花钱找散工搬运，打电话向直化求援。

看着硕大的显示器，再看看后端标记的重量，直化犹豫了一下。他在一瞬间，忽然觉得有点担心。他很想装出潇洒样子说，嗨，才打了网球手酸。或是说你先上楼等我，然后暗暗叫个宿舍的兄弟帮忙。但这两种做法都很冒险。

女朋友的脸红扑扑的，没有注意直化心中的百转千回。她以为直化凝视着她，是发现她今天的状态极佳，“我的肤色好吧！根本没上粉呢！”

“好，很好。”直化的脸也涨红了。二十多公斤的显示器，在直化的手腕和胳膊之间，掂量了一下，像是一座泰山。不知道为什么，直化想起了“人固有一死，或轻于鸿毛，或重于泰山”。

死就死吧。直化出手了。

东方神鹿，你好

直化有时候高估了自己，低估了对方；有时候高估了对手，低估了自己。那台显示器虽然抱着吃力，吭哧吭哧地折腾了十几分钟，中间休息了一次，搬上了女朋友所在五楼的某间宿舍。女朋友心疼地给直化擦汗，倒水递到他嘴边。

直化双手双脚都有些绵软，但有剧烈出力后的畅快。不，好像有更特别的畅快，那是一个男生恢复了尊严和自信。

但如果宝熊在场……直化暗暗骂了自己一声。为什么还想着那个女生？那个看起来并不特殊，结果跑得像东方神鹿一般的女生。没有现在的女朋友漂亮可爱，四分之一都没有。并且直化领悟到，他比起那个中学的自己，强壮多了。直化也就心平气和了，他问女友，“干吗忽然买这么大个显示器？”

“电脑城里打折处理的啊！大屏幕看得眼睛舒服。我就让人送上的士，送到宿舍楼下。”

“哦。”

直化搂着女朋友亲她的面颊。

入秋后，直化的大学承办了全国大学生运动会华中地区的分赛点。

直化陪着女朋友看现场比赛，喧闹嘈杂，满地的空矿泉水瓶子。广播里不断直播着赛况，直化听见了一个名字，聂宝熊。

直化不觉得意外，他知道她去了体育学院，参加大学生运动会选拔再正常不过。

田径运动佼佼者聂宝熊，一直领先。直化就在场外观众席冷静地观看。女朋友却忍不住惊呼，“跑得好快，小腿肌肉真发达，比男生还好看。”

呵，呵呵。直化笑了。

女朋友反问，“你干吗冷笑啊？”

“没有啊！我哪里冷笑了。”直化否认。

晚饭在学校吃，餐厅三层楼的桌子都满了，很多人簇拥着得第一名的运动员聚餐，开啤酒碰杯。直化没想到的是，换了白色长袖运动服和长裤的宝熊，绑着马尾辫，与他目光相对了。餐厅就这么大，看到彼此也正常。宝熊跑过来，跟他打招呼，“你好啊！”

“你好啊！”直化喝一口啤酒，匆忙站起身，就像老同学一样热情打招呼。

“原来你到了这个学校啊！”

“嗯！你呢？”

“只有进体院，还能去哪？”成为大学生的宝熊长得更高了一点，没中学生时那么瘦了。

直化还想多说几句话，那边的饭桌上一连声呼喊，“宝熊，聂宝熊，回来！”

宝熊便拍直化肩膀，“我们回头联系，对了，你女朋友很漂亮啊！”

直化一屁股坐回椅子，女朋友似乎遇到意外惊喜，“原来是你同学，说不定将来能拿全国冠军。”直化笑了，“说不定以后我能跟人吹牛，奥运冠军是我同学。”

“那太遥远了吧!”女友边用勺子吃一枚皮蛋，边回答。她的动作小心翼翼，她比皮蛋更Q更可爱。

遥远吗？是比较遥远。

当直化挥笔对付堆叠如山的模拟试卷，浑身痛苦时，就站起来活动两下，伸伸懒腰。他看着窗外运动场上奔跑跳跃的其他同学，转转眼球舒展眼睛。他只看宝熊。

世上很多女孩子很美很好，鲜花一般。而蔷薇科的多半有刺，只有更有勇气更优秀的人，才匹配她。

就这么相逢一笑泯恩仇？

心高气傲需要付出代价

过了二十二岁之后，宝熊就不再困惑。她甜美地笑着，“请问是要果汁、咖啡还是茶?”

推着餐车穿行在飞机机舱中间的那条窄道，宝熊觉得脚酸，完成了任务，她坐在前端的小座椅上休息，绑着安全带发了一下呆。果汁、咖啡、茶，不同人就有不同的口味，天经地义地参差多样，所以很难勉强大家是同一个口味。

在万米高空上，从半开的窗口射进来的阳光，很耀眼。云和天空亮得厉害。

在这天的下午，宝熊突然想起年少时的痛苦困惑。

她热爱运动，喜欢运动的感觉。

她喜欢一个挺高大的男孩，同在训练队，那位男孩打篮球，他们几乎天天见面，特长班享受更多的自由活动时间。交往很短暂，一天训练完，宝熊径直去赴约，打篮球的男孩皱眉。他说："我实在没法忍受一个女孩子大量运动后的汗酸味。"

只有传说中的某个帝王的妃子，流的汗才是香的，但那是传说啊！任何人流汗的气味，都不大美妙。

篮球生还说："如果你肯洗了澡香喷喷的，就很好啊！"

"但那也不是人体本来的味道，是来自洗发水、香皂、乳液、香水等的化工香精制造的虚伪香气。哪有那么多天然芬芳提供给全球人民使用？"

宝熊很固执。

她不是做不到。但是她为什么要违背自己？改变自己？

心高气傲需要付出代价。

哪一个运动员没有做冠军的梦想？

想要有一个相互中意的男朋友，还是在稍晚一点的时间再努力吧。宝熊不相信她等不到一个男生，这个男生能喜欢原本的她。

有个体院的男生示好，宝熊受伤后他就闪避了。宝熊知道这叫人之常情。

比海更远、比天更高的梦想，实现不了也就是狗屎。受伤后宝熊就不能够继续梦想了。她的心情低沉又沮丧，惶惶恐恐，不知道何去何从。

梦想是一种多么讨厌的东西。它叫人非此即彼，逼迫人做出选择。也许有人运气够好，幸运地遇到两全其美的事。后悔吗？只有上帝知道。

宝熊确认自己没这份幸运。篮球生去的北方体育院校，向来不缺安安静静香气笼罩的小女生。

人生很奇妙。

十六岁时宝熊肯定想不到今后会成为一名空姐。现在的她想不安静都不可能，穿着标准制服，从机舱首走到机舱尾。她闻得到自己身上化妆后的香味，闻多了也习惯了。

等着等着，结果自己改变了处境。穿了很多年的球鞋，换成高跟鞋。

少女长大了。宝熊终于不再困惑，因为困惑一点用也没有。就这么走下去，遇到什么就是什么，循着自己的内心。

下飞机时候，一个男人经过宝熊，递给她一张卡片。

她条件反射一般职业性地微笑，接过卡片说谢谢。事后态度平和地扔进垃圾袋。

这些对空姐心存慕求的人，宝熊没多大兴趣。她给过这种追求者机会，但他们只想要一个摆得出来看着舒心的五星服务员。

一个人的时候她看了一眼机舱窗户，忽然想起来什么，对自己小声说："聂宝熊，你这个笨蛋。"

当你历经沧海了

直化跟漂亮可爱的女朋友毕业后分手了。其实他们相处得一直不错，大学几年直化体贴照顾她，直到她提出分手，直化没有为难她，还恰当地表达了他的悲伤。直化送那个女孩子登机，飞往北欧某个福利最好风景上佳的小国家。女孩看着直化，直化在临别之际，也含着眼泪，女孩既难过又满意地离开。

直化甚至没注意到，他的女朋友是什么时候在网上聊天，聊到了一个外国男人。

直化终于醒悟，他只对女友付出了不到一半的心意。半真半假之间，四年后毕业了。

读大学半年后，有一天直化看着重播的电视新闻，报道见义勇为的女大学生受伤了。

直化思索着过去、现在以及未来，以及画面上的宝熊。她有一张很清秀但坚毅的脸。

直化找到体育学院，毕业办老师说宝熊受伤后恢复不到比赛水平，但她救人有功荣誉加身，社会对她补偿，招进了航空公司。

没关系，直化计算得出概率，世界上的所有事情都有概率。如果坚持只坐某一家航空公司的飞机，常常往返一条线路，就容易多次见到同一名空姐。

混迹在东倒西歪千奇百怪的乘客当中，在邻座的微微鼾声里，直化拿着手机，偷拍了一张宝熊的照片。

宝熊没注意到他，走回了头端，帘子挡住她的身影。

直化对着照片端详了许久。

女孩子化妆跟不化妆真的差别很大啊，他涌起这种念头。聂宝熊变得美丽了，微笑满面，眼神很空。

直化的薪水，他的周末，足够进行这项充分制造机会的追求计划。

但他忽然失去了动力。

时间的沧桑变化从来等不了任何一个人。

当你历经沧海了，对方也早就变成桑田了。

聂宝熊失去了聂宝熊，直化再也找不到人生初期的宝熊。

真荒诞。

他脑海里停留着少女宝熊，汗水打湿头发，头发贴着额头，大声喘气，面颊通红。甚至，那个醉意朦胧、憨态可掬跑过来打招呼的大学生宝熊。

直化揉搓自己的面孔，只觉疲倦之至。下了飞机，他随便找到旅馆，倒头就睡着了。

直化睡得昏沉，宝熊却双目炯炯。

聂宝熊请假了，跑回了中学。放暑假的中学显得空旷，操场翻修一新，还扩大了面积。外围的白桦树叶葱绿，热空气里传来蝉鸣，柔软的塑胶跑道，蓝白红相间。有个男生喜欢宝熊，原原本本的她。不过，她用羞辱击溃了他。

依稀她记得后来还见过一面，说了些什么，却完全忘记了。大概当时酒喝得比较醉。

不至于傻到以为他会恒久等待，说不定孩子可以地上打滚了。然而，真的有那样一个喜欢她的男生存在，宝熊觉得自己胸口中酸楚温热在流转。她只是在当时的失恋伤痛里，无暇旁顾第二个男生。

“他叫什么名字？他拿了奖学金好像说要请我吃东西。”

时光跑远了

宝熊找到了老同学。

在中学任教的老同学有点讶异，“你脑壳坏了？空姐不当要做老师？”

当老师有什么不好？尤其是当孩子们的体育特长班老师，“我都决定了，职也辞了。”老同学大骂宝熊，“傻瓜，笨蛋。你要在小孩子身上找寄托吗？”

“你说对了。”宝熊一口承认。

然后她们碰杯，干掉了一打、两打酒。爱运动的女生，比很多男生更豪爽。老同学请宝熊吃烧烤。

宝熊吃了很多够辣的烧烤，她满头大汗，穿着牛仔裤、T 恤加球鞋。这一刻，宝熊觉得浑身发热，她踢掉鞋子，光脚走在回老同学家的路上。如果不是脊背受过伤，宝熊早就跑起来了。

老同学笑了，笑出眼泪，“宝熊啊，你还像当年一样可爱啊！”

“当然。聂宝熊还是聂宝熊。”身躯虽然一天天一年年衰老退化，躯壳里的灵魂继续大步向前。

如果直化在这一幕的现场，他必不会失望。

直化相亲，订婚，筹划婚礼了。一个适合嫁，一个适合娶，适婚年纪青年男女。剔去过去阴影的直化，渐渐淡忘了，物是人非的人，物是人非的记忆。

直化率领一群伴郎登门迎接新娘，接到婚礼现场。

一身雪白婚纱的女孩蹦跳着逃开，直化追赶上去。

倾刻之间，重重叠叠，无尽画面闪回。直化举步奔跑的时候，想起了宝熊。有一队学生远远跑过去，由最前头老师带领着，一群鱼一般欢快游走。

新娘抱住直化的脖子，直化回过神，吻了下去。

聂宝熊，少女宝熊，那一次倾尽所有的力气拒绝了直化，在直化的生命里刻下她的深重痕迹。

与此同时，少年直化，同样倾尽全力，深刻在宝熊的光阴履历上。留到日后宝熊用来醒悟。那个男生，他跑到瘫倒，但中途从未放弃。

宝熊带着一群学生，小跑前进在市区人行道上，沿途吹口哨，加油喊着口号。跑过了学校，跑过了商城，跑过了公园，跑过了酒店，跑过了东湖边和湖边的集体婚礼。

宝熊心无旁骛，向着更广阔的郊野而去。风吹得绑着马尾的头发散开了，纷纷扬扬，像美丽的鸟羽，她更喜欢做这样的自己。

曾有个男生，如此爱宝熊。

聂宝熊有勇气继续等待下去，直至遇到对的人。

最后的仪式

十年后再去汉阳动物园时，王博是一个人。他又来到曾令他害怕的湖边，发呆了很久，将视线渐渐移到头顶的天空，想了很久。

十四岁的中学生王博和全班学生一起，由老师带队来参观动物园。当同学们继续前行，他去买了一瓶汽水，途中经过了园中的湖，湖上漂着一只死猴子。他的手和腿都软了，汽水就全部泼在地上了。

这件事他没有对任何人讲，那一刻他觉得他的童年结束了，以见识到生命的湮灭为标记。那种震惊不安不可言说，唯有缄默。后来他再也不来动物园这种地方。

重返动物园的三天前，王博收到了女孩的祝福。

他们吵架分手没多久，女孩就跟别的男人结婚了。他们交往了三年，本以为还能继续走下去，没料到忽然就收尾了。女孩希望王博不要出现在她的婚礼上胡闹搞破坏，因此她祝福王博重新开始，找到更好的人。

其实这话也可以反过来理解，那女孩觉得自己找到了更好的人，所以舍弃了王博。那女孩本该了解王博的，但为了自己的幸福，小人之心了。他又不是王小贱。

二十四岁的王博觉得自己是气球，恨与绝望不断膨胀，令他无所适从。他走遍了这个城市所有涉及美好记忆的地方，痛苦越来越深重，最后他来到了动物园。

游　泳　馆

那时候洪山体育馆的游泳池还没翻新，波子的想法很简单，当她将自己挪到池子中央的深水区时，沉下去就不起来了。

为了保持最后的尊严，波子佩戴好泳帽，收纳好头发，穿了黑色背心，外面罩了一件绿色的上衣。

后来她旁边的浅水池里有个小朋友，兴奋地大声嚷嚷，有河马，有河马，绿色的河马啊。就这样，波子被拖回泳池岸上，一个大叔拼命按压波子的胸腹，给她做人工呼吸。波子咳嗽吐出吞咽下去的水，哇地哭了。那大叔对波子说，怎么这么不小心，不会游还跑到深水区，幸好发现得早，你又比较胖，不然你就淹死了。

做过前台小姐的波子曾是个瘦子，失恋后吃成胖子，不能代表公司再给客人留下良好的第一印象。loser 波子被公司辞退，生无可恋。波子恨那个小孩子。在游泳馆的出口，波子浑身湿漉漉坐在那里，等着那个小朋友出来。她要报复他，告诉他，绿色的河马半夜会去咬掉他的舌头。

电 影 院

被救的波子，在领教过死之恐惧后，再也没有勇气犯傻。为了不让人发现自己去游泳馆其实是计划自杀，波子频繁去游泳馆，主动找人教自己游泳。

波子就是这样认识王博，用了一个秋天，波子学会了游泳，也顺便从臃肿的河马变成了修长美丽的长颈鹿。王博从好心的游泳老师变成了男友。之后他们住到了一起，过了一整个寒冷的冬天，看了一部叫做《爱》的电影，度过了第一个情人节。

波子跟王博看的第一场电影是《爱》。电影里，彭于晏扮演的男孩，一时意乱情迷搞大了女友闺蜜的肚子，女友心碎了。为了挽回女友的心，男孩跳了化粪池。

看到这一段时，波子问王博，“你会为了我跳化粪池吗?”王博反问她，“那你会开着车冲出悬崖坠落大海，跟我同归于尽吗?”

波子说，“我会。”

王博说，“我也会。”

听到了对方的答案，两人一起笑起来，笑出了眼泪。出了电影院，波子靠在王博的肩膀上，推翻了自己的话，“我跟你说，我刚才是跟你开玩笑的，我不是同归于尽的那种人。”

波子以为王博会反问她，那你是哪种人呢?结果他没有。他只是搂住波子的腰说，“你得多吃点，不能再瘦了，再瘦就变成长颈鹿了。”

波子就笑了，默默在心里造句：“嗯，失恋有时，再恋有时，河马有时，长颈鹿有时。”

王博问她，“你怎么不问我跳化粪池是不是真心话呢？”

宠 物 店

有一天波子提出，一起养个宠物吧，王博毫不犹豫答应。他们下班后，一起去宠物店挑选，从兔子到仓鼠，从萨摩耶到喜乐蒂，最后才决定买一只猫。所有的宠物都有属于自己的名字，他们商量了很久，翻着字典寻找朗朗上口又漂亮的词，始终不能达成一致。

某个晚上，他们面对面躺着，猫静静地蹲坐在他们之间。王博忽然提议，不如给猫取名金枪鱼吧。所有的猫都痴迷妙鲜包，而妙鲜包的主要成分是金枪鱼。这是一种奇妙的命名逻辑，波子一瞬间，被一种难以言喻的情绪击中了，她说，那好，就是这个名字了。

此后每当波子给金枪鱼喂金枪鱼吃的时候，心头总会涌起怪异的感觉，这种怪异感，仿佛一个人睡了很长很长的一觉，醒来不得不独自坐了很久。

王博从波子的房间消失后，波子独自将金枪鱼送回宠物店。世界的确太小了，她又遇到了那个叫她河马的小朋友。那天，她没有在游泳馆门口等到那个小孩子。要么他在波子接受人工呼吸时已经离开了，要么是波子等他的时候，走神放过他了。总之，波子后来一直没在游泳馆再遇到那个小朋友。

时过境迁，波子当然早已打消了报复的念头。不过，这个小孩子却记得波子，他说，“河马姐姐，我认得你，虽然你样子变了。你为什么不要这只猫了？”

波子微笑着回答，“是我，好久不见，你也长高了啊。”她回避了小孩子的探究。

“那，你能不能把猫送给我呢？就作为，你对我的报答吧！”小孩子看着波子说。

最后的仪式

十四岁时的阴影，是彗星的尘埃尾巴，那种恐惧扫过心头久久不散。可是人总在长大后，发现这世界上的生离死别格外寻常，又岂止是动物园里的一只猴子。

隔了十年，王博才发现自己欠了猴子一样东西，他得补上。即便他们相遇前毫无交集，全然陌生。

所以，重返动物园之时，王博站在小时候害怕的湖边，把那样东西补还给了它。

星期六的动物园，四周一片喧哗，孩子骑在大人的肩膀上，情侣们手拉手，阳光下万物都那么和乐融融。二十四岁的王博默哀了半个小时，五分钟给猴子，二十五分钟给自己。

吃奶嘴有时，进棺材有时，相恋有时，告别有时，诞生有时，结束有时。大多数人都这样，一个生命或者一段关系完结了，强迫自己飞快扭过头转移伤痛，匆匆忙忙扑向新的生活，唯独忘了最初的深爱需要有最后的仪式，这是潜藏大地的等价交换原则。

当王博哀悼过动物园里多年前逝去的生命，哀悼过自己确凿无疑失去的恋人，风吹干了他脸上的泪，他对着半空挥一挥手，转身离开。

完　成

波子把猫送给了那孩子，如果不是他，她早就死掉了，所以她应该报答。但如果一个小孩子都能看出来，当时的她怀着求死之心朝水中央奋力挪去，那么王博当然也看出来了。

王博离开波子的那个下午，留了一封信。如今很少有人再用笔写信了，波子把那封信，折叠成最小的纸团，紧紧地握在手心，去了宠物店。王博在信里给波子讲了一段往事，关于一个少年在动物园的偶遇，以及他其实不会为波子跳化粪池，因为即便他跳了，人生中某些事情波子还是得自己去完成。就像是电影《爱》里面，少女哀伤的心终于被挽回，并不是靠男友跳了化粪池。

波子从来没有忘记前男友，她一直在偷窥前男友交的新女友的微博。那女孩所享受的，是波子不曾得到过的。当那个女孩收到一只猫作为礼物，波子也向王博提出来养一只猫。

送走金枪鱼的那天晚上，波子在夜里醒来，她走出家门，沿着街道一直走，她找到 24 小时便利店，买了一瓶波子汽水。

那个夏天，男孩给她买了一瓶当时好玩够潮的波子汽水，喝完后，她爱上那男孩。她就变成了男孩嘴里的波子女孩，不，应该是波子女友。女友有时，前女友有时，这个昵称她一直沿用下来。喝波子汽水的波子，吃金枪鱼的金枪鱼，是不同于宇宙的真理，又是单独存在的命名逻辑。

她打碎了汽水瓶，取出那粒玻璃弹珠。

天亮后，她去了游泳馆，用王博教会她的方法，吸一口气憋住，轻轻地潜入水中。

透明的玻璃弹珠被送进暗无天日的浅水区下方，敛去微光，在那里的隔层，它将不会妨碍任何人，不朽不腐，代替波子完成告别一段旧爱的仪式。

傅平　摄影

她心中的城池

小谷上班的店，主售炒饭，豆豉蒜薹咖喱五香，川味麻辣沪上甘甜广式烧味，写了一百多种口味的小牌子，密密麻麻挂满半面墙。这家店，是民族大道上生意最好的店。附近三所大学的学生，都会点外卖。

她负责接听电话，记录外送单。每天固定重复同样的话，请问要什么口味的？送到几栋几号什么名字？饮料要红豆沙还是绿豆沙？

小谷喜欢自己的工作，做得挺开心。

接听过同一个声音，被这个声音吩咐过几百次要什么炒饭，小谷记住了丁裴这个名字。丁裴是那种打电玩打到旷课废寝忘食的学生。在想起来该吃点什么的时候，就选择叫一份炒饭外卖。这种男生在大学里一抓一大把，他们努力把青春献给了游戏。

人和名字对上号，是在丁裴出现在店内，拿出积分卡很骄傲地说，今天我都请了，吃饱了好通关。他积了一千分，可以兑换十份炒饭。那群男生斗志昂扬选了店里最大的桌子，狼吞虎咽的男孩们浑然不觉自己的吃相有多难看。丁裴起身向柜台走去，拍着柜面急切地索取：“喂喂，我用不惯勺子，我要叉子。”

小谷递给他叉子。

这么急切的男孩，看了一眼十七岁的小谷，忽然微微一笑，转身回到伙伴身边。小谷觉得她的心中有一座缓慢砌出的城池，千砖万瓦，一字一句。然后洪水到来，倾城崩溃。一个人的微笑，竟然是另外一个人心间的洪水。

小谷期待男孩常常来。但男孩不会常常来，他仍然常常打电话给她，只不过，他会多扯几句，“哦，小谷，我的红豆沙要新鲜的，不要冰柜里放了几天的，拜托啦！”

当然，小谷一定给他安排最新鲜的红豆沙，因为丁裴记住了她的名字。

十七岁的夏天，一把叉子

暑期的生意门可罗雀，但小谷情愿薪水减半留守店内。她等到了男孩的第二次出现，他旁边的女友跟他分吃一盘凤梨鸡丁饭。他们吃得很慢，相对无言，最后女孩抬头说“谢谢”，先走了。男孩望向小谷哭了。

小谷看得痴了。后来她才明白，毕业也即情侣的天人五衰时。然后再不能快活似神仙，丰姿枯萎，逍遥瓦解，各奔前程。

到了夏天末尾，城市改造规划下来，整条街要被拆除。

这是真正的摧枯拉朽，巨大的机械挖掘机一路所向披靡，所到之处，灰飞烟灭。覆巢之下无完卵，炒饭店也关张大吉，员工被遣散。

她还是忍不住找到炒饭店的原址，在不断清理而逐渐减少的瓦砾中。小谷仰起头，左荒原，右废墟，叉子在胸间。她忽然觉得自己的整个人生，告别了过去，从此以后截然不同。

叉子在胸间？嗯，是的。当时小谷做了一件微不足道的事，她偷了一把叉子。这把叉子极为普通，在十元店的小铺子售价也不过是三元。她用心擦拭，洗净，再以手帕包裹好收起来。

二十岁的冬天，一个男孩

在十七岁的年末重返家乡，重返学校的小谷，默默无闻，她的用功和所有人的用功相比，平淡无奇。在压抑阴郁的高中，只能在每天吃饭的时间，短暂释放一下情绪。

然后，小谷考上了百年名校，那所用美国庚子赔款修建的学校。她没有给家长或同学一个惊喜或惊吓的想法，她只是做了该做的。

事后的总结就比较有趣了。为什么小谷能考上名校，因为小谷懂得拼命，你们还记得吗？小谷吃饭总是很慢，挖一叉子吃一口饭，一边还看书，叉子还含在嘴巴里。同学甲这样告诉同学乙。

后来同学散若蒲公英，你的人生，我的旅程，大家的陌路人。小谷没有心情去写同学录，以作他年怀念。她的低调无比，有目共睹。

她匆匆忙忙从家乡小城，去往更大的城市。

大二的冬天，班上一个男生送给她一条围巾，亲手织的。小谷收下了那条围巾，虽然看起来像一条制作失败的麻花。然后，在男生请她吃火锅的时候，她围着麻花如约而至。当腐竹、土豆片、冬瓜条、香菇纷纷赴汤蹈火，男孩忽然举手叫服务员，再来一盘麻花。她忍不住笑了。

能够令一个女孩笑，男生多半会以为自己成功了，但其实他失败了。小谷坚持到最后吃完的一刻，然后，她闪电一般冲向柜台买单。

小谷只是想尝试一下，一个人的心里装了一个人，是否还可以容纳其他人。

二十四岁的秋天，变迁

小谷所在的那家公司在光谷最高的写字楼里，她霸占了最大的格子间，紧挨着落地的窗户，从十九楼望出去，天空的云朵，都有点触手可及的意思。唯一遗憾的是，她的背后就是老板的办公室。不过，她应付自如。

在江河湖海飘过，自然比同龄人多明白一些道理。二十二岁的小谷在大学毕业之前，就已经实习、兼职、打工，积累。所以在二十四岁的时候，她迅速得到老板的赏识，获得想要的地位。

在这栋高耸入云的写字楼里，小谷继续认真学习，变得精致，像瓷器，像玉盘。她的银行卡里，存款已经达到了一个数字。这个数字，超过了当年她有过的念头，攒够钱，开一家炒饭店，就在原店原处。

但是，小谷并没有回去开店。

二十七岁的春天，荷兰

生日那天，照惯例小谷给自己买了蛋糕。

那只不锈钢叉子她仍然带在身边。这些年很辛苦保持身材，只在每年生日给自己买一块小蛋糕吃时，应该使用那只叉子。

也有男孩向她表达过疑虑，是不是初恋送给你的？还有人送一只叉子给女生啊？小谷回答是。那些要她丢掉叉子的男孩，小谷都跟他们说了再见。后来，她交了一个荷兰的男友。三年后正式入籍。他们没有要孩子，他们友好分手了。

在小国家沉闷漫长的昼夜交替中，小谷睡得特别少，这导致她只做很有限的梦。她梦见了头悬梁锥刺股的求学生涯，梦见了收集每一个别人喝过丢掉的可乐杯子，换十块钱，梦见了厌学厌倦一切的十六岁的她主动退学，一个人无所畏惧租房，找工作。她还梦见了请她吃火锅的男孩，和那条别扭像麻花样的围巾。分手的人，拒绝的人。

这些人交出了自己的心，烹饪成菜肴，盛以银盅，送到她面前。那些被她品尝过的心，咬过一口，不是滋味，便弃之若敝履。

十七岁的坚定志向，她在二十四岁就不再挚信。她终于找到了丁裴的讯息，他的个人空间里陈列着逐年的记录与照片。

丁裴读完大学，进了公司，又辞去工作，去攀山。他说失事以为要死掉的时候，的确是放了电影一般回忆起小半生。包括炒饭店那个可爱的小姑娘，她看见他最失态的哭脸。那一刻，他甚至觉得小姑娘看他的眼神是喜欢他的。

然后他的老同学留言取笑他，一边慰问一边毒舌讽刺，所以呢，“你要去找她吗?”

他回复说，“算了吧，人海茫茫，物是人非。”

一个人度过十年，需要十年时间。查阅一个人的十年，只需要十分钟。

男孩走出炒饭店

回国，回到那个城市，那所纺织大学附近。那条主干道上，以往的店子全不见，代替以高楼和精致的店子。原址对面的蛋糕店，小谷，啊不，她不再是小谷，只在少女时代她才这样被称呼。

二十七岁的徐谷，在生日这天，给自己买了一份经典的芝士蛋糕。

坐在店子里的靠窗位置，当她掏出自备的叉子，店员转过身，尽力忍住笑意。横跨十年，不锈钢叉子闪着冷硬的银白色光芒，质地不变，不被腐蚀，也不曾变形，但它的样子变得过时土气了。她多么想呈上自己的心，无论如何，请他试吃一口，就用这把叉子，他曾经用过的叉子。

然而，他说人海茫茫，物是人非。他说得对，完全没错。吞咽下最后一口咸甜混合的蛋糕，徐谷脸上满是泪水。

当天，当时，她手抓着一把纸巾，却始终没能走到满脸是泪的男孩身边，递给他。

之后，男孩走出炒饭店。她仍然没追赶上去，喊住他。太年轻时，人容易高估，也容易低估命运。

徐谷走出了蛋糕店，她将叉子丢进路旁垃圾箱。她向着马路走去，向着远处的士扬起手。

二十九岁的丁裴走进蛋糕店，他习惯在这家店买全麦面包早餐配牛奶。他的家就在这蛋糕店后面的一片小区。他不是这个城市的人，但这一年，他把房子买在了母校对面。

这里有他的青春与恋情，有他的最初与过去。他记得那双眼睛，但无法在这个世界上找到那个女孩，他打算，就住在这个地方，一直到老吧。没有来得及发生的事，就不必再发生了。

上个世纪的暗恋

1

那时我们有梦，关于文学，关于爱情，关于穿越世界的旅行。如今我们深夜饮酒，杯子碰到一起，都是梦破碎的声音。

许多年后，王迁读到北岛这几句诗，脱口而出两个字：放屁。

2

年轻时王迁没能搞懂的事，长大后就搞懂了。

他一直坐在最后一排，从这个角度，恰好眺望到思原的头发。年轻的女孩心里在想什么，是王迁永远无法洞悉风景的地下溶洞。多数时候，他只能看见思原心不在焉地笑，微风无目的地吹，好像这个世界上没什么事情足以让她重视。

那种心不在焉，让王迁胆怯。

有时候他问自己，到底有什么好胆怯的呢？那么向往，反而生出了忧怯，大概是类似于物种之间的某一种关系。

王迁穿白色皮鞋和白色裤子，再加上白色衬衫。上嘴唇淡淡的胡须绝不会刮掉，对于一个男孩来说，那有着神圣的宣告意义。他在成熟，他的手会放在裤袋里，笔直得像一棵深冬披雪的松树，青涩又挺拔。他觉得只有站得很稳，女孩才能靠得很牢。

直到一阵风吹过来，所有的松针与积雪都开始滑落，沙沙作响。

那个穿西装的卷发男孩走到思原旁边，像老师一样低下头，露出犀利的牙齿，用狩猎的表情问女孩："晚上一起去宵夜？"

永远心不在焉的思原，恍惚了一下，点头带着茫然的笑意。他们的头似有似无地碰到了，那男生按了一下思原的手，坐回前方的位置，脑袋仰起一派得意。

在这件小事发生之时，中学历史老师就快要讲到闪电战。闪电战是"二战"时的德国最擅长的战术，以坦克飞机为武器，骤然袭击，痛下杀手，迅捷取胜。

就在下午三点的某个三分钟内，坦克联袂飞机，将王迁心中的森林，摧毁为焦土。

3

后来，王迁和那男生打了很多次架。有时候是因为打球，有时候是因为路上擦肩而过，撞到肩膀。男生们打架需要理由吗？需要吗？不需要。青春是由荷尔蒙主导的。

不需要理由也可以打得鼻青脸肿，何况王迁胸口放了一颗气球，一挤便爆。通常，他都是挑思原不在那个男生身边时挑衅。

有一天，思原笑着走进教室，发作文本。她是语文课代表。这个头发长得恰到好处、表情心不在焉的女孩，逐个人发放本子。发到最后，王迁抬起头，仰望着女孩突如其来的笑容，被震慑住了。

那笑容温和而美，是雾霭背后的光，对少年心事里所有的凄凉哀伤，无限洞悉。这女孩对他说：“你们别再打架了，这样不好。我知道你喜欢我。答应我，好不好？王迁。”

中学毕业前的元旦，略微下了一些雪。那天虽然下了雪，却不是很冷。走进门窗关闭的教室，王迁只比平时多穿了一件毛线背心。他一直沉默，从思原说出他的名字以后。

那天全班熙熙攘攘齐聚一堂，当然了，明日各奔天涯，有人得到远大前程，也会有人沉入潦倒困苦。但今宵，一切都还年轻，所以他们唱歌，唱当时最流行的情歌，谁红模仿谁。譬如张学友，譬如张国荣。

王迁拉了一曲《梅花三弄》。他最讨厌学习了，尤其讨厌乐器。更加讨厌乐器中的二胡，古旧老土，一点也不时髦，学的是小提琴也好啊。遗憾的是，他有一个爱慕中国传统文化的风雅父亲。所以，王迁从小硬生生拜师，练琴，他从不表演。但今天，他渴望表演。纵然这种行为，没有意义。思原在，思原和那个男孩躲在墙角，碍于同学和老师都在，只是时不时偷偷牵一下手。

王迁只想为那个女孩而拉，只要她听到过，足矣。他凝聚气息，沉下心神，微微埋首，手指牵住二胡的弓，如泣如诉。热闹归于寂静，所有人专注倾听，王迁沉浸在自己造出的声音中。情绪攀至顶峰，他的眼泪几乎要夺眶而出时，刹那间，他抬起头。

墙角已不见思原和她的男友。王迁愣了一下，终于笑了，眼泪已在眼睛里蒸发。他继续拉下去，运弦如风，曲高和寡，就像世上只存在他一个人。终了掌声如雷。他没能哭出，但打动了围观的其他师生。

当一个男孩的心，领会了某种东西以后。他就变了。

寒夜里，他用一张报纸包好二胡带回家，在报纸的副刊，他读到一段文字，一段深深地为之折服的文字，就像玫瑰在时间里唱起挽歌，夕阳的余晖从脸上消失，冰川沉默于海水之中。

4

想要穿越世界，但又比较靠谱，那就先好好赚钱存钱。一个人在时间中改变的，不止内心。王迁不再穿白皮鞋和白裤子，不耐脏，上班有公司的制服。下班了，他可以参照男性时尚杂志，穿骆驼色的鞋，配深蓝色的牛仔裤，按照季节穿不同颜色的格子条纹衬衫。

此外，王迁还会勤于刮胡子。二十八岁以后的男生，不收拾好自己，会邋遢到难以出门的地步。有时候闷在家中不肯外出，开一听啤酒，喝一半顺手递给枕在大腿上的女友。叫外卖来吃，或者煮面，或者抱在一起，大汗淋漓做爱。当女友说："我们结婚吧！"王迁迟疑了一瞬间，他说："我给你买一枚钻戒，我们先订婚。"

这是一个折中的说法，女友不打算生气。

一枚特别便宜的钻戒，需要2588元，其中28分的石头占据了七成价值，白色的贵金属占三成。总价则只占他的积蓄的，几百分之一。但是，他的女友，不知道这一点。他租的是市面上中低档公寓，存折上常年只有二十多万。但如果女方家里也出点钱，加起来足够按揭一套小房子的首付。

人生边走边忘，照片都收在父母家的衣柜抽屉最深处。

有时候，就连他自己也不大记得那张照片了。当他还是白衣少年，独坐在最中央，一把椅子，一把二胡。

女友，不，应该是未婚妻，也不会知道，王迁还会拉二胡。他已经多年不碰乐器，那年的表演，在同窗们的青春回忆里，是惊鸿一瞥。

二胡的气质，和他格格不入。成年后，独立自立了，父亲不再管他。

你知道二胡为什么特别容易打动人吗？因为它的音色，特别接近人声。当他办过了登记手续，和妻子在餐厅吃饭时，心情平静如秋日湖水。诸事具结，人生的大局已定。他的存款，只需要以父母馈赠名义，就可以解释通透。

妻子去洗手间，而菜肴还没上桌，他拿出平板电脑上网，浏览同学群的聊天内容，翻到半个月前的记录，看到某一条，他愣了一下，又听见了昔日的琴声。

有人说，她被家暴了，进了医院。文字下面还附加了当地新闻的网址链接。王迁已经很多年没见过她了，如今严重到，演变成当地的社会新闻。他忍住，没去点开图片。他情愿在脑海里，保留那张心不在焉的甜美笑脸。

中学同学的同学会，他从来不参加。

那是一场盛大的单恋，是发生在上个世纪的爱情。单恋也是爱情的一种，不管有多么盲目，有多么痛苦。

5

思原不喜欢他，喜欢那个数学很好、别无亮点、追遍班上漂亮女生的轻佻男生。

这女孩有一个蹲监狱的爸爸，一个运气差的流氓，娶了个漂亮的女人，生了个漂亮的女儿，抢劫妇女的一条金链子被逮住，刑期十年。这样的父亲令女儿在中学填入团申请表时，为之难堪，几乎落泪。那是我们的时代特色，一个学生要积极进步，亲人应该身家清白。

三十岁的王迁很悲哀地明白，年轻女孩的那种奇妙心理，仿佛向父母致敬，重复母亲的宿命，跟不靠谱的男生走到一起，走下去，走到悲惨的境地。

其实，在他和那个男生之间，比的只不过是谁更快，谁捷足先登，谁就尘埃落定。给珍珠一般美丽的女孩，蒙上厚尘。

王迁也不是好学生，成绩倒数，一脸骄傲，逃课打架是家常便饭。但他的脸是斯文清秀的，他不缺喜欢他的女孩。可是，当他看到，十六岁的思原，第一次含泪低声对老师说："我爸爸在坐牢，我要不要写上去?"

目睹思原的眼泪，他的心剧烈痛起来，仿佛中毒，他确定，自己不止爱上女孩长得美。他逃不掉，这是他的命运，一往而深。她是他的天敌，虽然大家是同一物种。

当思原求他答应不要再找她男友麻烦，不要再打架了，他的梦也碎了。鬼使神差，他不能拒绝她。然后，他有一种强烈的预感，一种强烈的直觉。他为之心痛的女孩的未来，也许会过得不好，甚至活得很惨。美好而脆弱。

可是王迁无能为力。他不是上帝，他不能拯救自愿走向沙漠陷入困境的旅客。

他的心思转动，思绪纷飞，也不过是片刻工夫。妻子回来，美食陈列面前冒着热气，香味勾动食欲。他按熄电子产品的屏幕，深呼吸一口气，露出笑容。

看着妻子幸福神情，他端起酒杯说："我们快趁热吃吧，来，先碰个杯。"

6

在我们年轻时，都有这样的梦。我们爱好一点文学，读读诗，偷看小说，幻想着，和心爱的人穿越世界去旅行。

文学也只是一种象征，也可以换成音乐、舞蹈，等等。

十七岁的王迁，没有和女孩思原去往远方，走遍世界各地的梦。这个梦在十七岁的生日前夕就粉碎了，连同心。元旦前一天就是他的生日。

这些往昔说起来其实也没什么，一个男孩因此成长，他不能带上心爱的女孩，那就只能为自己努力了。大考前半年，他恍如重生。

王迁尽力读了一所大学，不管是几流的。在大学，他就开始兼职赚钱，积累履历。然后去了不错的公司，再跳槽到大公司，再晋升到不错的职位。他存了十二年。在三十岁结婚时，明面之外，还拥有那暗中累积的一百万元。

夜晚，妻子温柔问他，“我们去哪里度蜜月？”

他脱口而出：“波兰。”

7

波兰是欧洲的第九大国家。

王迁带着妻子去了波兰，在西北部的城市格雷菲诺一个旅馆住下。这个城市的近郊，有世界十大最美的自然景观之一——弯曲森林。

这些树木大多是1930年左右种植的，至于为什么变成这样，探索频道 Discovery 说至今还是个谜。

二十世纪九十年代，中国诗人北岛怀着对生活、对老友经历的感慨，写了一篇《波兰来客》。他写道：“那时我们有梦，关于文学，关于爱情，关于穿越世界的旅行。如今我们深夜饮酒，杯子碰到一起，都是梦破碎的声音。”

所以那几句传诵万千的话，其实出自随笔，不算诗。

但当你用一种深情而沉痛的腔调背诵出来时，又的的确确是诗。在深夜喝酒的时候，很多人会想起来，开始背诵。可是那天的王迁，念完以后，喝得很醉了。他说，放屁。

会粉碎的梦、文学、爱情，那时就已粉碎，化为灰烬，不需要等到如今，不需要等到穿越世界。

他又重复：放屁，放屁，放屁放屁放屁……

然后他就真的放了一个屁。他不再是面容清瘦的少年，他是腰部有赘肉奔四的成年人，吃多了肉又喝了酒，很粗俗也迅雷不及排出糟糕的气体。这令他清醒了，酒醉之意统统淡去。

清醒的片刻，理智在算计，冲动在盘点，他犹豫了，自己做得对吗？会后悔吗？对得起自己的妻子吗？

一百万的一半，可以改变一个女人的余生吗？带着孩子逃吧，足够远远地换个小城市，重新开始生活。他托付中介，代为协助出手。

他将自己完全隐匿起来。

另外一半留用，买房，旅行，穿越世界。

在澄澈的青空下，几百棵松树奇奇怪怪生长着，起初贴着地面，几乎平行，然后从根部以上约莫一米高度，骤然弯曲，冲着天空而去。所有的松树都弯向北方，带着一种特别笃定的完结，心平气和，不容回头。

这是上世纪的爱情，收尾在本世纪。一个世纪结束，另外一个世纪开始。

一只红松鼠闪电般掠过，跳上另外一棵树的枝桠，王迁眺望松鼠的背影，揽住妻子，仰头指给她看。

来自星星的你

走在十万人填塞的圣诞节大街上，四顾茫然，大橙觉得自己没处可逃了，除了孤单还是孤单。想要出门沾点人气，结果证明这想法特愚蠢。在又悔又恨的时刻，大橙听见了一个呼唤，这个呼唤悠长温柔地说，跟我走。大橙跟着那个呼唤她的背影，穿梭出十万人海洋，结果，她吃惊得发现，自己飞了起来。

没错，离地而起，沸腾喧嚣都丢开。飞行在夹杂大雪的冷空气里，大橙问那个背影能慢点飞吗？南方这边简直寒冷入骨啊，风湿冷湿冷的。背影却反问大橙说，“难道你还没明白吗？你是外星人的小孩啊，跟我离开地球你就幸福了。”

醒悟过来是在做梦，大橙顿时不爽了。谁也不想停留在噩梦里太久，大橙拼命跟自己说醒啊醒啊，给点力啊！

给力大橙的是她的手机。在接近十二点的时候，一个完全陌生的号码拯救了大橙。接了电话的大橙啊喔哦一番，立马干脆说，“我就来，在哪等你，大洋百货天桥那？好。”

见了陌生男，大橙抱着一条雪白的萨摩耶，沿街步行回家，犹自觉得自己还像在梦中，只不过是换了一个空间布景和情节。

直到萨摩耶舔着她的手，手掌传来很实在的温热，大橙还有点不知所措。

地球真难混

开始照顾那只狗，取名叫玮柏，大橙不再寂寞了。

寂寞太可怕，让人难以习惯。所以，回到单身状态的大橙，几个月前在网上求购一只小型犬。在她力所能及的经济情况下，解决寂寞问题。

发布消息是在十月，得到玮柏是在十二月，生活过得很有规律很有内容，是在崭新的新年。下班了就赶紧回家喂狗，喂饱了再去遛，八个月大的玮柏已经很有天使范儿，雪白毛皮甜美微笑，魅力十足。当目光纷纷集中过来，大橙与之有荣焉。男生女生都来跟大橙搭讪，借机摸狗抱狗亲狗。

这些迅速提高生活质量的改善，让大橙变得开心了许多。狗不比人，是不会对人变心的，就算人变心。

直到丁培冲到大橙面前，双眼通红大声呵斥，“看你也像个体面的白领，干吗偷狗？还我狗，不然我报警。”

大橙的心这才笃定了。

大橙心想，难怪，怎么会有那么好的事，大半夜的，忽然狗主人决定送一条很值钱的狗给人，还免费。大橙掏钱被拒绝，看着狗主人决绝离开，挺不知所措的。现在大橙恍然了。见到了丁培的狗，温驯听话。

来龙去脉也不复杂。丁培说，外出小半年，女友交了新男友，那男的见不得丁培跟女友一起养大的狗。为了断得彻底，索性直接送人了。

失去最爱的女孩和最爱的狗，丁培几乎抑郁症了。

大橙也没什么话可多说了，如果她花了钱买狗，还可以顽强地抗辩，让丁培自己找前女友去。但是，她一分钱都没花。

故人散场，故狗重逢，也聊以慰藉丁培。丁培带走了玮柏。

而大橙，大橙重新一个人躺在单身公寓里。夜深了，她拉高被子盖住脸，呜咽独自哭起来。一个月，情感也深了。

哭着哭着，大橙忽然回溯记忆，想起那个外星人的怪梦了。地球真难混，我还是回外星好了。于是，大橙被自己逗笑了。

近来笑点很低

后来丁培又出现在大橙面前，大橙心想，这人还想干吗，狗已经还了，是对我的人有意思吗？

丁培冲大橙说，“小姐你哪去了，躲起来可不是办法。”

“我没躲啊！”大橙被搞糊涂了。丁培说，“其实你也是受害者，我骂你是不对的。哎，没想到小美还惦记你，总带着我往撞见你的地方跑。所以我想着，我们可以做个朋友，有空你来看看小美。”

物归原主了就不叫玮柏，叫小美了，大橙想了一想，当街爆笑了。丁培生气了，“你这是什么意思，不乐意就算了，我看在狗的面子上才这么说的。”

大橙没来得及拦住对方解释一番，事实上她也懒得去解释。大橙发现自己近来笑点很低。她只是由此及彼，想起一句经典电影台词了，一起看月亮的时候叫人家小甜甜，如今新人换旧人叫人家牛夫人。所以她就爆笑了。

大橙彻底断了念头，没有人对她有意思，就算有，也被她吓跑了。

认命吧！就在冬天里滞留，眼睁睁看着春天晚点。

我是来坦白从宽的

这个春节的假期，大橙没有回家过年。因为原本她可以带着男朋友回去见父母的，然后一家团聚和乐融融完成人生的各种大事。后来，男友选择了别人完成人生大事，大橙陷入了低潮。

直到那只狗拯救了她，然后又发现自己被骗了，然后失去狗，然后所有遭遇累积爆发，带她进入莫名其妙的人生境界。经过了很多的打击，她常常不由自主在别人想不明白有什么好笑的时候，自己找到了很冷门的笑点。

大橙存了很多钱，她一向是个省吃俭用的姑娘，加上丰厚的年终奖。她选择不回家乡见父母，也省了编造理由解释为何分手。她去了一家温泉酒店。郊野远城，山麓之间的酒店相当豪华，布局、器物很有日式范儿。就让这温暖之水好好抚慰自己吧！

热腾腾的白色蒸汽迷糊了大橙的视线，她干脆闭目养神。过往的种种都不想再去回忆，然而，偏偏她在雾气散尽后，耷拉着木屐走出女士汤池后，抬头看见了一张面熟的脸。不，是熟悉的一人一狗。

那狗奔向大橙，撒娇撒欢儿，大橙惊喜得不知所措了。

她又遇到丁培了。

丁培说，“狗还给你，对不起。”

大橙很不明白，“干吗跟我说对不起？”

丁培就笑了，他盯着大橙，揉搓按摩着萨摩耶的脊背，我是来坦白从宽的。

不容投降

来这个城市工作的丁培，站在天桥下的站牌那，会用一种奇异的眼神凝视着下班后出门遛狗的大橙。

丁培凝视着她牵着狗，走过大街小巷，穿过光谷步行街的人行天桥，头仰着，面带微笑。凝视了快一个月，他发现自己莫名爱上了这个女孩。

每个人都有自己的搭讪方式，一个对训练犬只有十年经验的资深人士，很轻易就跟那只萨摩耶混得亲密无比。萨摩耶本来就跟任何人都亲近。

丁培还看出来了，那狗不是大橙从小养大的，所以总有点操控不灵。所以他相信多半是半路买来的。

在采用剧烈的方式搭讪之前，他其实已经温柔地接触过了大橙。遗憾的是，大橙的心，忽视了所有的男生。不管是对她有意的还是无意的。

更加遗憾的是，丁培的花招得逞了，却功败垂成。三番四次勾搭失败，当街被笑，他投降了。

但他的心，却不容他投降，催他再次出发了。

还有狗，也思念自己真正的主人。

给力一吻

所以，这个世界上还是有免费真心诚意送狗的人。确认这一点之后，大橙忽然松懈下来，从那种奇怪的败犬境界脱身出来了。

没有丁培编得跟真的似的故事，但是有活生生的一个大男生蹲坐在大橙的面前，对她坦白了。坦白地倾吐了自己的苦恼和思念，还有歉意。

要不要从宽，是大橙自己的事。

叫小美也好，叫玮柏也好，那只萨摩耶趴在一边饶有兴趣全程观看。宠物不懂人类的恋爱，不过它知道全心全意陪伴主人。

大橙站起身，牵住狗项圈的绳子，看着丁培说，“我也要告诉你一个秘密。”

丁培很有兴趣地做了一个洗耳恭听的动作，他看到了曙光，看到了希望，看到了黎明，以至于他的眼神显得特别明亮。

“这个秘密就是，其实我是个外星球的小孩，意外流落到地球上的。地球太危险了，充满了伤害和背叛，我过得不幸福，很想回外星。你是真的想留下我吗？”

“或者，”大橙干脆问得更加直接一点，你用什么来挽留我呢？

这真是一个听上去古怪搞笑又冰冷无聊的秘密。从梦境而获得的启迪，其实不过是来自潜意识的变相发泄。

难道受过伤害就不再爱了吗？还是要爱，只是心存畏惧。

“好吧，用这个。”丁培回答了大橙。

然后他接近了大橙的嘴唇，亲密深沉，不留间隙。此时此刻，除了一吻，别无他法。这是他所能给她的全世界最给力一吻，给予大橙勇气和力量，作为重新开始的序幕拉开。未来终归要留给未来去证明。

芬兰姑娘

十九岁时萧豆喜欢一个芬兰的女孩。

他们在一个随机跟陌生人聊天的网站聊上了，之后介绍自己，交换了照片。

大桥、天空和山脉，芬兰女孩站在风景照一样的风景前，脸上略有几颗黑芝麻似的雀斑，瞬间萧豆就被俘虏了。俘虏以后，萧豆跟这个女孩昼谈夜聊，扯个没完，顺带，他们两个的英语水平也很有长进。英语也不是芬兰的第一语言。

情到浓时，萧豆说，“我会去芬兰找你，等我勤工俭学，赚了钱赞够了路费，去见你。”但女孩说她可等不及了，她说，不如我来武汉见你。

没多久他们见面了，女孩背着包，穿着球鞋，大老远来到中国，两个活生生的人面对面了，女孩嘻嘻笑，伸手按按萧豆的鼻梁，然后惊叹说，“真的像照片里那样塌啊，你说得没错，亚洲人的鼻梁多数不挺拔。

不过，很可爱啊！”

作为穷学生的萧豆，手心有汗，心脏如鼓。

他请芬兰女孩在麦当劳快餐厅里吃了炸鸡喝了可乐。逛街的时候，女孩给了他一片口香糖，她说，“接吻，不要口气糟糕。”所以他们也接吻了。

这次会面，萧豆几乎觉得自己是地球上最快乐的男孩。

一份早餐换一个恋人

几年以后，萧豆不是穷学生了，而是穷上班族。有时候赶着去公司，急冲冲拿着麦当劳的早餐一路吃，一路赶公交。有一天他忽然醒悟，那早餐也不过是薯饼煎蛋，味道差强人意，自己做很费事，咖啡可乐，完全可以自己批量买回家更便宜啊。省一点是一点。

自带饮料的萧豆却犯了另外一个错，那天早上没带零钱。他总不能把一张百元钞票投进去，坐在门口找其他乘客收钱。但要是赶下一班车，他肯定就迟到了，迟到了扣罚五十，一天也白干了。萧豆对下一个有城市公交卡的女孩说，请帮我刷卡，我把咖啡早餐都给你。

女孩答应了。

表面上看，一份早餐换一元车费。事实是，一份早餐换一个恋人。这很划算。

这个女孩牧申，成为萧豆人生里真正交往的第二个女孩。

在第一次跟第二次之间，五年过去了。这当中跟萧豆有过往来的女孩，萧豆以一种不怎么有心肝的方式处一处。时间越往后推移，越是没有。

如果一个人是宝

萧豆跟牧申住在一起，就像混在城市的所有青年男女一样，他们实现了生活和爱情的经济学。

原本嫌贵的房租因为双人承担，巨大的“鸭梨”顿时缩小许多。日常伙食费保持不变，但品种内容有了质的飞跃。到了周末他们有能力吃吃西餐看看电影，甚至还可以参加户外活动。月末上网上银行查阅，存款不减反增。

变成情侣之后，牧申也没告诉萧豆，她遇到他的当天，挎包里自备了速溶咖啡和蛋糕。只不过当她抬头看到萧豆的脸，决定跟他交换。那是一张挺认真的脸，并且很年轻。她的心，有一扇门，她自己从里面拉开了。

渐渐地，牧申甚至惊讶了，这男孩比她曾有过的男友，强很多。

过马路萧豆会走在车开过来那一边。这种不像日常生活多数男士的做法，萧豆做起来很自然。有人把你的生命看得比自己更重要，你唯有以整个心对等交付。

这世界上无数个男孩，各类极品大把大把。大概我手气好，撞到了宝，牧申心里这么想。她愿意从此做个足够好的女友，直至成为他的终身伴侣。

如果一个人是宝，就应当被珍若拱璧。

冰岛的火山灰

2010年的四月，冰岛的火山爆发了。

北欧国家都很小，搞得跟《红楼梦》里的四大家族一样，一荣俱荣一损俱损。冰岛火山喷发，芬兰的全国航空交通就瘫痪了。

牧申在这一天看到新闻，她忍不住跟公司的同事闲聊，“几座火山搞垮欧洲，《2012》编得还是有点合理。”下班后再见到萧豆，她发现萧豆的反常。一脸失魂落魄，像被施了法行了巫术的人儿。

牧申问他，“你今天怎么了？难道像我们女生一样，每个月总有那几天？”

萧豆收敛了表情说，“今天被老板训了。”

这是萧豆第一次骗牧申。他不愿意骗任何一个女孩，这是他个人的信条。人生里有些实话可以不说，但不该欺骗跟你在一起的人。

只是火山灰殃及大半个欧洲，萧豆想起了他喜欢过的芬兰女孩。

还是在这一天，牧申觉得自己理所当然应该做个像样的女友，在男友沮丧低落时，尽力抚慰他。她拉着萧豆出门，去找萧豆最爱吃的米粉。吃完以后，牧申还一反常态，“从现在起，二十四小时内，你说什么我都同意。”

萧豆一向听从她。

二十五岁的萧豆说，“我们存钱去旅游吧！”

牧申愣了愣回答说，“好吧，我们去哪？”

到 芬 兰

萧豆没法忘记芬兰女孩了，就像有光总有影，有记忆就有芬兰女孩的存在。他们手拉手在街头走，逛了东湖，看了黄鹤楼，还去一条老街吃了卤鸭脖。经过一条马路，她让他先过去，她要绑一下鞋带。就这样，女孩莫名其妙躺在了路中央，萧豆回头时，地上一团瑰丽的血。

这一幕惊心动魄，在萧豆的脑海里挥之不去，鲜明深刻。

这些年他不止交过一个女朋友。包括牧申，都是他的女朋友。然而，在他的生命里，女朋友跟恋人却不再等同了。

一年以后，2011 年春天，萧豆出现在桥上，芬兰女孩站过的桥，背后的山脉，大块的天空，都到了眼前。

登机离境时，春日的寒气尚重。遗憾的是，牧申却没有跟他一起来。他对牧申那么好，如同牧申对他一样好。

去芬兰之前的一个清晨，萧豆忽然醒了。

之后，萧豆发现牧申把脸贴在了他的胸口上，仔细地听着什么。“是听我的心跳吗？”萧豆没有翻身，没有阻止。他以为牧申在撒娇，依赖贪恋他的体温，不想起床。

但牧申没有这个意思。她只是按着萧豆的胸口良久，抬头用一种古怪的神情说，“我真的很笨，很笨。我现在才明白，你对我很好，很用心。”

当然，萧豆笑了，他说，“当然，我会对你好，跟你好好过下去啊。”

“但是，你用了心，没有用情。”牧申慢慢摇头，在她摇头的时候，甚至都没哭，绝望太深太重，哭是不能表达的。她什么都没发现，什么故事都不知道，但她的直觉探查到真相。

无言以对的萧豆，沉默到屋子里只剩下他自己。

倾 尽 爱

芬兰女孩并没有死。

发生在萧豆十九岁那年的故事，像大多数异地恋情侣一样，是以一方变心结束的。

当天，芬兰女孩躺在马路中央，并且身边一团瑰丽的血，半边脸也烂掉了。然后，萧豆疯狂跑过去，眼泪唰地就奔出来。萧豆手足无措喊救人，半分多钟时间不到，女孩忽然睁开眼睛，哈哈大笑起来。

芬兰女孩甩掉面具头套，站起身拍拍手。她拉着瞠目结舌的萧豆回到路边，摊手耸肩，跟你开个玩笑啦！

大部分芬兰人都不苟言笑，严肃到无趣。如果不想发疯，就得自己找乐子。这个芬兰女孩，还是个业余魔术爱好者，她是个怪胎，本国气质的叛徒。

她跟萧豆说，“我知道，你，非常，非常，love me。”

是啊，非常地爱，人一生里第一次的恋爱，倾尽所有，全无保留。然而有个死掉的才子写过一首歌，歌词里说献尽爱，竟是哀。

这个芬兰女孩游荡了大半个中国，不断在电话里向萧豆汇报她的行踪、游历和趣闻。

最后，她又回到萧豆的城市，去萧豆的学校找萧豆，他们在外面找了短租公寓，同住了一个多星期。

当她回国后，约定下一次萧豆尽快去找她。但是萧豆没能做到。女孩回到芬兰后，没有多久，在视频网聊里，跟她的新男朋友一起出现。他们的金发在阳光下分外耀眼，像可以刺瞎人眼的利剑。

这种悲哀，无以复加。

他的心，死去了四分之三。

十九岁时将萧豆要得团团转的芬兰女孩，彻底俘虏他的身心和灵魂，但这女孩不属于他。

二十六岁属于萧豆的中国女孩，萧豆眼睁睁看着她什么东西都没收拾，一个人孤零零走掉了。

这异国如此之美，冰岛的火山灰不再肆虐，最好的季节，山与水洁净无比，如同仙境，残酷的仙境。石砌之桥屹然而立，桥下流水知多少，多少人来过又离去。他闭上眼睛，翻过扶栏，将身体倾斜，向着河流中央纵身跃去。

你应该去死

你把你最完完整整的爱，献给了最终舍弃你的人。

对于后来者却如此吝啬如此保留，那么，你有何资格让后来者陪你走下去。你活该凄凉孤独。你只会用心，不会用情了，是个废材。

这人生去之何迅，一道闪电照亮又消失，一场大雾聚拢又散开，一次雪积又融掉。每天都有很多无辜的人死掉，来不及爱来不及恨。

你所遇到的爱你的人，屈指可数。更残忍的是，人会成长。

所以，你应该去死。

请认认真真死一回。不管是四分之三的心，还是剩下的四分之一。

回到陆地上，萧豆捂住了脸，扯掉蹦极的绳索。他的四肢发软，脑袋里无数的过往闪回。呼吸着寒冷清冽的空气，时隔多年，他再次哭了。哭得很厉害，眼泪洋溢，夹杂在一群蹦友当中，是个天大的笑话。他要回国，尽快回去，去找到牧申。

没有盖世英雄的年代

那个人扯下大月的耳机眼睛瞪眼睛问道，你要不要吃东西？大月侧脸探看是什么人，视线正中正面，不得不记住这个人，记住他的名字和长相。之后他带着她去吃了豆腐，和风豆腐裹了面包粉炸到至臻的黄金品相，入口之时叫人忍不住叹息。这种风味简单金灿灿的日式小吃，就应该混搭黑乎乎的可乐。

吃得很饱，喝得很满足以后，大月问，“你叫什么？”他写给大月看，马杰。普普通通泯然众人，百度之谷歌之大概成千上万个人同名同姓。

不是名字里有杰一个人就会杰出，大月这么想。这个年轻男人背着上班族应该背的包，穿着上班族应该穿的衣服，他说他今年二十八岁，尚是单身，有点积蓄，可以献身伟大的房奴事业。

哦！大月什么都没问，他就全招了。很好很自觉。

他并不是一开始就注意到这个女孩子，他是后来被逗笑了，在公交车上提醒坐在身边的邻座，你的肚子叫得太大声了。但是大月没听见，因为大月的耳朵被耳机堵塞了。整个公交车上的人都因为一个女孩子的腹鸣轰然大笑，只有她自己不知道。

大月经由他的复述得知前后。复述，就是把发生过的事情再讲一遍。大月觉得，这个男人来得正是时候，承前启后。

你吃不吃

前男友有一双类似黑熊的手掌，厚实饱满，一只手就可以握满大月的两只手。这种不对等的呵护，让人舍不得抽手。大月喜欢手掌心里的人体温度，恰到好处，一旦习惯了就变成依赖。

在大学毕业后，大月做了短暂几个月的老师，然后又想方设法出来工作。原因也非常简单，因为年轻啊！所以不想那么早就看到自己一生的尽头。在这家私营的公司里，做完了前台后，跳槽到那家做文秘，最后，变成了活动策划，跟很多大小商家老板打交道。

前男友是其中一名假公济私的典型。万幸，他未婚。他还有可以开列出清单的诸多优点，上下班会按时开车来接送，一切都好，只缺烦恼。

烦恼是在一件很小的分歧中诞生。他说，“别上班了，辞职结婚！”大月说待会再说。正是吃饭时间的黄昏，当务之急是解决吃饭问题。大月提出，“不如我们去超市买排骨吧，我来做蒜香排骨。”这个男人就笑了，“就你的那手艺，咱们还是别自虐了，我们还是去某某吧！”

每个城市都有几家口碑放出万道光芒的饭馆、餐厅、私房菜什么的，某某店子也是。交往以来一直去这种地方解决问题，大月一直是温顺乖巧的好姑娘。那天大月却发作了，“我就要做，你吃不吃。”

男友妥协了，他们倒腾了半天，吃了十几块乌眉糙眼的排骨，大月自己倒是吃得津津有味。然后男友回家了，上班做饭用光了大月的力气，累了她去洗澡睡觉，没有挽留男友。

那件正事，男友就没提了，直到他变成前男友，正事渐变成不重要的往事。

春节后他们分手了，大月跟这个人过的第一个情人节也是最后一个情人节，因为时间不满一年。

大月在整个 2009 年谈的恋爱，收尾相当沉痛，她这大半年的关键字是前男友的名字，熊杰。世界上没有无缘无故的感慨，当时大月没有预料还会爱上另外一个杰。

走了熊杰来了马杰，承接了结束的以前，启动了后来的开始。

中间的两个月

在前任和现任之间，毕竟还有两个月。为了避免恋爱再度失败，或者说，下次不那么早就败掉，虎头蛇尾草草收场，大月认真反省了自己。她开始打扫房间，清理物品。计划安排在周末，睡到中午之后开始清扫，抱着一个液晶相册凝视了许久，影册里有漂亮的风景，世界上有名的地方，他带她去过。他对她一直很好，他说，“大月你啊，像一只猫，非得顺着毛摸不可。”

大月黯然，她是猫吗？

旧物越清理，越没有头绪。因为跟着主人流离失所，迁徙奔波，零落辗转。电影票根年月日清晰，却不记得是跟谁看的了，衣物小饰品贴身陪伴过，难舍难分。大月跟自己说，该丢的丢，该留的留，该烧的烧，该撕的撕。

马杰没有车，马杰跟她顺路一道坐公交车。马杰周末陪大月逛街。虽然他没有前任简单而强大的银行贵宾卡，但是他有时间和心。那件太紫，脸会黑，这鞋太高，伤脚。她但凡咨询，他必定参谋。

末了，总算得以回家。大包小包大月丢给马杰，马杰统统接过来，大月如释重负。因为花了不少的薪水，因此他们决定慢慢走回去。可是，马杰喊住大月，“给。”

他给了她一袋裙装。很轻，不重手。但他口吻坚定，你拿这个。

“为什么？”

“因为，”马杰想了一想，“因为我们要甘苦与共。”他的表情证明他的话并不是妙手偶得。

原本轻飘飘走在前面一些的大月愣了一愣，渐渐步调一致，两个人肩并肩了。

动手动脚

大月很年轻很年轻的时候，交往过的第一个男孩子是大学同学。他喜欢穿白衬衫和牛仔裤，他每天都会给大月发一条笑话短信。他们头靠着头用功温书，还一起听歌看海。

那时候的大月是很受欢迎的。所以，这个男孩子是在一些情敌手里拿下大月的。他送了大月一首歌，不是他作词，也不是他作曲，他翻唱了一部搞笑电影里的一首插曲，插曲的内容是这样的：我爱你我爱你我爱你，我是真的真的真的真的爱你爱你爱你爱你爱你……

你见过世界上最投机取巧的求爱花招吗？这就是，也最有效。大月在宿舍里翻来覆去打滚，笑得肚子痛。

他赐予她快乐。她无以为报，唯有被爱。那样全能有趣的男朋友，他负责大月的灵魂解放，日常千种杂役，学业万般琐碎，大月曾以为她的快乐会不朽。

等到一些年后，大月翻出了卡带。可是，有卡带没有卡带播放机。大月走了大半条电子产品街，在古董店似的二手店找到了一台索尼机。

插上耳机，大月在公交车上一直反复地听。她想了很多很多，最后得出了结论。

爱不可轻言，爱不可倾囊。说永远比做容易，动口永远比动手动脚简单，因此，什么都贫瘠的少年，最慷慨的是言辞。说一万遍我爱你的男孩子后来有了可以少奋斗的女孩子，飞走了。倾囊而出的是热情的焰火，花了眼睛，美了时光，不可持久。

不吝啬金钱的男人，吝啬时间，吝啬生命。很成功了很会享受生活的男人，希望你一切按照他的理想，做一个顺水推舟的贤妻良母。这样的人生许多人在过，许多人也觉得挺好。

但大月却如捏到了刺猬。我仅有一次的人生，也许不一定非要像别人那样过不可。大月没有兴趣穿别人的鞋子。熊杰是慢慢不再联系大月的，大月也没有死缠烂打。

他们结束得温文尔雅，成年人分手越来越文明。如果发觉道不同，就各自扭头，去找愿意走一条路的人。可是，大月的眼睛红肿了好些天，大月跟同事说，眼角膜发炎了。

有人说爱是孤独的冒险，如果没有适当的人来爱，那么，姑且一个人生活。

如果不是马杰出现了。

请叫我孙悟杰

那天的路似乎格外漫长，所以大月干脆脱了鞋子，更舒服地走着。他们扫了很多便宜的货，盘算着怎么过平凡的年轻男女该过的小日子。他们商议着肚子太饿，干脆半路去吃某一家大排档的猪油炒饭。油腻腻的猪油炒饭异香扑鼻，两脚疲软一旦松弛，更加倦怠。大月看到天色浓密起来，渐渐也就飘下一些细密的透明线条。好雨，当春发生了，知道时节。

吃得很饱了，大月说，“我走不动了。”马杰说，“干脆我先回去放好东西，拿伞来。”

“可是，我要等多久？”大月问。

“很快，三分钟。”马杰信誓旦旦地说。大月批驳，“你就瞎扯吧。一去一回至少半个小时。”

“我可以打车。”

“这么近，不划算。”

“那，我可以一个跟斗飞十万八千里，立马飞回来。”

想不到马杰还有这样的幽默，大月哑巴了，最后忍了又忍，板着脸，“你又不是孙悟空。”

“我是孙悟空的第十八代传人，请叫我孙悟杰。”马杰对答如流。大月终于笑了，“那你的七彩云朵呢，你的金箍棒呢？”

马杰的背影消失在街角，他大包小包背负在肩膀的背影，显得异常悲壮。他付出了悲壮，是要大月跟他认真地在一起。是一个人与另一个人，而不是一个人与一只不耐世事拣高枝的鸟，更不是你高我低曲意相从的老板。

二十八岁的马杰有过什么样的过去或者刻骨铭心，被什么人教会了同甘共苦这种话，大月不会追问。那么，卡带与播放机，衣物与礼物？大月自问自答，什么，你说的是什么？

那些东西跟大月说了再见，再不相见。

我们各自修习，然后走到一起。这其实很不容易。

马杰在路边就近买了一把金黄色雨伞，缤纷色长筒胶鞋。

把自己的脸放到自己的手掌心里，大月一直保持着同一个姿势，望着那条路，路的尽头。

一路上，玩滑板的少年不惧风雨洒脱自若，被母亲抱着的孩子俯首肩膀头顶伞被撑开，小区居民的家里在次第亮灯，车道上小汽车和公交车穿梭不息。

没有盖世英雄的年代，平凡的常人，创造着属于我们自己的传奇。

她的孙悟杰会很快就回来。

在我们年少的时候

天大的爱

在我们年少的时候，爱是一件天大的事情。天大的事情，事关勇敢。

我对许诺轻说，“你敢从二楼上跳下去，我就答应做你女朋友。”许诺轻翻身，站到栏杆之外，一群群的人围过来兴奋如观看马戏盛会。许诺轻看着我问，“要是我残废了你可不能要我啊！”我点头。

讲　　情

他没跳，变成一个孬种和笑谈。我希望他能够跳下去，最好有点儿小残废，这样就不必每天在学校门口，等着沉默不语的我经过，然后后面跟着几个神经兮兮看热闹的男生。他带头摸我的头发，眼神邪恶，手掌却有汗。我闪躲，他拉扯不休。去死去死去死，我在心里默念，却不敢惹他。他不止骚扰我一个女生，他沿路骚扰许多女生。但这些女生都跟我一样，并不敢当面坚定地反抗。

有人报告老师，许诺轻被狠狠地教训了一顿。班主任说，“你这是要流氓，现在是我教训你，以后你就等着到监狱里被别人教训吧。”

等到所有人都放学后。许诺轻还没有被允许离开那里。我犹豫了一下，经过他面前的时候，说了一句“早知今日，何必当初”。我说话的语调那么老气横秋，许诺轻笑了。这发生在 1997 年的年底。

日月星辰风雨潮

1998 年的秋天，他直直地看着我。

他眼睛里大概有炸雷，一颗一颗丢过来，炸得人内心凌乱。其实他挺帅的，我知道就因为这个原因他才骚扰了我那么久，肆无忌惮。

许诺轻呆了一下，然后，他忽然大喊：“日月在上，天地为证！我就是喜欢你！做我的女朋友好吗？”好耳熟的台词，难道男生也看琼瑶剧吗？

我被他烦得要疯了，然后，我对他说了一句话，他愣住，很多人在看他的反应。

跳楼，还是不跳？他没有跳。

1999 年我高一，是全市最好的那所重点高中。澳门回归那天，我又看见了许诺轻。他被两个中年男人带着。一个很瘦，和他面目相似。一个很胖，是高中的教导主任。

许诺轻的眼睛似乎在搜寻什么。没多久，我听见许诺轻和那个大叔说："就这个班吧！他的眼睛跳开众人，降落伞一样直接落到我的身上。"我哀叹一声。

关于他的家事，是这样的——他有一个本地担任教育局副局长的爸爸，还在一个在本校担任教导主任的叔叔。

就算他初中读得再烂再不争气，一样能够来读最好的重点高中。我们两个人，居然又回到一间教室。

两 个 人

我们已经各自长大了两岁，许诺轻在下课后，凑过来，对我伸出右手："你好啊，好久不见。"

我老气横秋地说："大家都长大了，我以后是想认真念大学，现在得用功，你不要打扰我。"

"好，我答应你。那你也答应我，做我女朋友好吗？"

"等你考上大学再说吧！"我极力表现得冷漠，免得日后有麻烦。

"哼，你念什么，我考什么！"

我轻笑，"凭你？"我知道那时我多么自负。

高二分文理科的考试，成绩公布。我大吃一惊，许诺轻年级第二名，三个黑色楷体字刺痛我的眼睛。许诺轻远远把排列在年级第三十九名的我丢远。

2000年高二，我顺理成章选了文科。他又出现在我的教室里，在我前排。我发现他有点儿小小的驼背，高大的男生容易给人造成驼背的印象。那微偻的少年身形慢慢在我的眼前挥之不去。我有一种沧海桑田之感，说不出是哪儿不对了，我每一天希望见到他，又怕见到他。

我不和他讲话，只要他坐在那里就很好。

"你以后想念哪所大学？"他问我。

"反正不会和你同一所。"我回答。

"喂，做我女朋友，喂，不是同一所大学也没有关系呀！"他在我身后追着喊，声音慢慢散开，像光年以外。

2002年，我们终于分手。许诺轻考上北京的大学。我留在本城一所小院校，我的人生，开始变得寡淡无奇。

浪 情 歌

2005年，我又遇见许诺轻，他的身边已经有一个漂亮女生。

"你们学校蛮漂亮的嘛。"他说。

"谢谢你的夸奖，可这和我好像没什么关系。"压住心里的暗流，说出这句冷漠淡然的话，我打算不进一步交谈就走掉，这也是我能给自己想到的唯一抵制惊讶和激动的方法。

"喂，你站住！"他在身后喊我。我没有回头，樱花被风吹拂，花雨满天。花开易见落难寻，阶前愁煞葬花人。

"做我的女朋友吧！"男生声音大了起来，甚至带着一点儿哭腔。

硬生生放下女友追上来，一把抓过我的手，"你听到没有啊！"

“许诺轻，你的许诺真的很轻很轻，你有了女朋友，还想对我做什么？你真让人失望！”

“失望？咦，这说明你曾经希望过！”他笑了，又露出以前那无比顽劣的脸，“她不是我的女朋友，是我的哥们儿，我特意让她陪我来找你，来气你。若非这样，你会说出你的真心话吗？”

他后来的行为很简单，暑假从北京跑回来，天天约我，去K歌，去玩水，去爬山，去烧烤。后来连我妈都说：“你是不是和许诺轻谈恋爱了？”

他过生日那天，我去了。KTV的屏幕上正放着古巨基串烧陈小春的歌，我随手拿起话筒，“这一小段儿送给你，许诺轻。”

“神啊！救救我吧！一把年纪了一个爱人都没有！”我对他眨眨眼。

这时候，我忽然发现了那个女生，也就是他的哥们儿，她怎么又出现了？她的家不是在北京吗？

“呵呵，我来给许诺轻庆祝生日啊。”她的京片子很好听，可是我还是听出了好听之外的弦外之音。

“现在来许愿！”大家在给许诺轻点蜡烛。

他认真地闭上眼睛。

“是什么愿？”有人问。

“是一个很简单的愿，并且，有一个人能帮我实现。”他看着我，低声说：“做我的女朋友吧！”

神爱世人。

我和许诺轻的故事，结束于2005年的夏天，我们大学毕业的前夕。

那个女生大着肚子来找我，“请你成全我，”她跪在我的面前，“五个月的孩子是不能够打掉的，求你不要杀我的孩子，一切全在于你一句话，求你了。我必须和许诺轻结婚啊！”

我的手心在冒汗，我想我一定面色黯然如幽灵。我点点头。

“我不能再做你的女朋友了。”这是我对许诺轻说的最后一句话。

那边没有回复过，因为，我随后就将手机扔进了江里，江水滔滔，湮没所有的信号与解释。

完 结 章

2008 年 2 月，大雪弥漫中国。我将与一位男子举行婚礼。我与他一起填写宾客的请柬，打开我的手机通信录，那上面早已没有了许诺轻这个名字。但是我收到他寄来的礼物。

是一盒 CD，古巨基的《串烧金曲》。这样俗气的歌儿，却被人用黄金制成的光盘精心刻录，此刻我在倾听，仿佛跨越时代与光阴。

七个章节层次分明。

天大的爱讲情日月星辰风雨潮

两个人浪情歌神爱世人完结章

神爱世人那一章，串烧着杨千烨、陈小春等的成名作。“祈求天地放过一双恋人怕发生的永远别发生。”

他没有跟我解释，其实那女孩的大肚子是假的，那不过是半个枕头里的棉花，以及半个排球的把戏。参加婚礼的同学口里传着这个笑话，只有当事人的我，一直被蒙在鼓里。

他们开始把这个笑话的细节复述给我听的时候，我忽然发现，神爱世人，但不爱我。

只有一个家伙他爱着我，但我错过了。

蔡映红　摄影

淡水动物的悲剧

1

陈杰早上在这个城市的CBD大楼门厅按指纹，在电梯里擦掉嘴巴上吃的法风烧饼的芝麻粒，依据电梯光洁如镜子的内壁收拾好仪容，到办公室的格子间里开始工作。

但是这个早晨因为经理临时没有来，看管纪律和卫生的不知道哪个头头沾亲带故的阿姨也没有来。超级大盒子一样的办公室，悄无声息弥漫着一股松弛的味道。

陈杰终于忍不住笑了，实在是太好笑了。

新闻说一群好心的志愿者跑到海滩边，热情洋溢地往海里放生了小鱼、小虾、小海龟等。

这些鱼虾一被放到海水里，立刻游向大海深处。唯独一只小海龟，不知为什么老是辨别不清方向。放生者几次将它带到离岸几十米远的海中，它每次都直接调头往岸上游，上岸后漫无目的地到处爬。

放了几次不成功，放生人员拿起海龟细细检查，发现它除了一条腿有点划伤外，其他都很正常。“难道它想有人帮它把腿伤治好再走？”工作人员风趣地说，同时用力将海龟扔向更远处的海里。这一次，这只小海龟逐渐消失在人们的视线里。

消失在大海，大海的深处。

新闻还配了照片，照片上，那只聪明伶俐的小乌龟，到死也搞不清为什么有人要把一只陆地龟扔向茫茫大海。

它的腿还有伤，那么咸的海水，必将灌进它的胸口，它的呼吸道，淹没它的生命。

在禁止了聊天软件的公司，还有口头传递。此起彼伏的，窸窣的窃笑，进入陈杰的耳朵。一丝微如针灸的刺痛，攻击在心脏上一般。

他闭上眼睛，忽然看见一只可怜的金鱼被塞进了小花瓶。

2

年轻时候，陈杰在小阶梯教室里开班会，才上大一的学生们因为幼稚所以老实，一干人到得整整齐齐。班级团支书在废话连篇，林俞在跟旁边的女生说说笑笑。没多久她就跑出教室。陈杰看见林俞从后门逃掉的脚步，一直留意着，忍不住回过头去，林俞站在那边回望了教室，笑了一下，不知道视线落在哪个男生身上。

整个法律系最漂亮的女生，在自己的这个班上。

不知道为什么，陈杰就常常看见她。在学校门口看见她，她跟一个瘦弱清秀戴着老土的金属手表的男生并列走着。隐约听见男生说，“晚上想吃什么啊？”

这么快？怎么会这么快花朵就有了主人。

当时是风清气爽的春天黄昏，陈杰觉得自己生活在一个死寂的国度。

不过因为是十七岁，陈杰在自己的背包里发现了纸条。他恋慕着人，也有人恋慕他。陈杰四顾茫然，不知道纸条什么时候被放进来。如果是小偷，那可真是高明一流。

纸条的字迹好看，内容简单，留了一串电话号码。

陈杰仰头想了一下，觉得心里满满的都是一个人。将纸条折叠撕掉，送给垃圾桶。

连续几天，陈杰忽然发现没怎么遇到林俞。这种情况没有持续一个星期。在十号楼宿舍下，陈杰抱着新买的数码照相机，又看见林俞。

换成了一个高大但皮肤糟糕、青春痘弥漫到人痘合一的家伙。一瞬间，陈杰发现自己还有这么刻薄的天赋。照照镜子，自己的脸干净得才像这个年纪的最佳状态。

后来，陈杰终于发现和确认，林俞是个不拒绝人的女生。

她说，“别人是一片好心呀！又不一定非要交往不可。”坐在后面两排的陈杰，这句话在耳朵里发痒。

原来如此。

陈杰的手伸进背包，摸到照相机的时候，他的眼睛亮了一下。

“我在学校校刊做记者啊，要找女生拍照，你的条件最合适了。一个班的，你肯定会协助，对吧？”

当时，当时就是这么说的吧！

3

林俞迎面而来的时候，陈杰说，“你化妆了啊！”林俞甜美一笑，说她是化了那么一点淡妆。林俞没戳穿男生对化妆的无知，她又是一笑，“我是天生的水色好，自然地泛红呢！”

不管是不是天生，陈杰都觉得头有点轻微的晕。

“那我们开始拍啊！”

“可是要有背景啊！”

“学校门口那家新开的餐厅装修得不错。”

“好，我们就去那里。”

不过是常规数码相机，再高档也拍不出专业单反摄影的花样。但是，林俞的人就是花样。林俞凑近看显示屏，说，“背景还是太单调了呀！“”

一眼看见店子里水缸里摇头晃脑的几条金鱼，林俞将餐桌上的花瓶里的水倒掉，换水，伸手捞起一条小的金鱼，勉强塞了进去。

林俞的脸，微微笑着，和花瓶里的金鱼贴近，成为陈杰一直保留的一张定格。

陈杰当然还是要慰劳林俞的辛苦，请她吃东西。当然还要做到足够的风度，送她回宿舍。这一切百分之百像是约会。

陈杰第二天经过店子，忍不住顺口问了句，“昨天的鱼呢？”

老板说，“那鱼经不起折腾，死了。不过不值钱，看在你昨天消费得挺多的，还可以登校刊当广告，算啦。”

陈杰略微心闷。然后，逐渐扩大，铺天盖地。他又看见林俞了，昨天那么愉快美妙的一天，他当然在送回宿舍时，再度约她，明天晚上去吃火锅啊，你们湖南伢很喜欢麻辣锅吧！林俞一口答应了。只是，此刻中午，分明看见林俞在喝水。对面是看不清楚样子的男生，殷勤奉上零食。

晚上，林俞点了一味豆腐鱼头酸菜火锅。为了皮肤，现在不能吃太辣啦。林俞语言嫣然，像金庸小说中写的王语嫣。陈杰几次发呆，然后镇定。吃到惬意时开始相互讲笑话。林俞被逗得哈哈大笑。轮到林俞，那个笑话陈杰完全不记得说什么了。只记得，笑话说完，陈杰一口米饭喷了。

“你见过美女脸上东一粒西一颗东北大米吗？”“没关系啦，”林俞擦脸，指着火锅，“吃完，别浪费。”一切都很美好，也很滑稽。

4

隔天之后，不再有话。心有灵犀彼此映照一般。

陈杰死心。他如盲人，林俞是他不可企及双眸的花朵。

圣诞节那天，中间下课的间隙，陈杰跑到洗手间洗脸，他昨天晚上电脑游戏打久了，瞌睡得厉害。

回来教室，还是躲在最后一排睡着了。醒来教室人都散光了。对啊，都该过圣诞节了，有对象的人多快活，没对象的多寂寞。他拿出背包，准备走人。一张卡片掉地上。

精美的卡片，还有手写的祝福，“圣诞节要快乐哦！陈杰，你真的很有才华，我看了你在校刊写的东西。”

才华是什么？有用时可以当饭吃，当魅力，去卖钱。但是，没用时，一点用也没有。

陈杰还是被感动了。电子邮件已经流行，手机联系快得像是不要明天一样。手写的字，那么好看。可惜，这些笔迹，没有主动写过爱慕自己的情书。

他一个人在街道上游荡，晚上回到宿舍，都在议论纷纷。插耳去听，“啊，你收到林俞的贺卡了，我也有。你的写的什么？”陈杰呆了一下，醒悟过来。

所有男生，班上所有男生都有。她做的那么温柔可意，漂亮又可亲。有个男生说，“那我们还得回张卡片吧！”

那么，你的圣诞节究竟跟哪个男生过的？陈杰默默无语上床睡觉。

时间加倍度过，这当中，陈杰看见自己宿舍的另外一个兄弟勇敢追求林俞但失败。陈杰目睹林俞被女生嫉妒，被男生口耳相传。最后一个暑假，林俞忽然打了个电话到男生宿舍，她的电脑要搬回家，宿舍里只有陈杰。陈杰就像老朋友那样，热情又礼貌。

从七楼到一楼。庞大的显像管显示器沉重无比。

陈杰大汗淋漓。林俞递给他一个苹果。陈杰大口吃掉，很香甜。没有多余的话可说。林俞说，“谢谢你啦，再见。”

“不客气。”

大四那年，陈杰终于有了女朋友。

5

大四的女朋友，就是写过好看字迹情书的女生，被陈杰忽略的女生。这个女生在毕业前夕终于生出勇气，大声在班级聚会上说，“陈杰，我喜欢你。”

全班同学哄然大笑。陈杰喝了一些酒，抱住了这个女生。一个有些可爱，有一点漂亮的女生。跋涉了整个沙漠不一定遇见一滴雨水。但六月之时的梅雨季节来临，湿透了陈杰的全身。

陈杰吻女生的嘴唇，可以感觉到嘴唇上激动的颤抖。

林俞没有来最后的毕业聚会。据说她在湖南老家有个公司要了她，于是去工作了。

美女不用操心工作什么的。

陈杰守着喜欢他的女生，度过了大学毕业后最拮据的两年。最初工作，薪水微薄。渐渐升值，待遇从优。中间跳槽，毕竟在进步。三年后，买了房子。

只不过，他去参加全城白领青年相亲会了。

他喜欢的是需要漫长时光，才会下定决心寻个归宿的美丽女孩子。最近陈杰看见她的博客写她结婚了，先生很疼他。

喜欢他的，是需要他婚姻承诺早点兑现的值得娶的女生。但他拖拖拉拉，还是放开了手。唯有重新开始，打起精神来。

办公室终于安静。

笑话笑完，也就过去了。

只有陈杰，想起了那年的金鱼，临时请来充当道具的金鱼，憋在窄小的花瓶里，最终牺牲。

误会了陆地龟的好心人，杀死了它。两者似乎有异曲同工之妙，世界真奇妙。

林俞凭借她的天赋，注定伤人多于伤到自己。

呵，是了。他在林俞那里受了伤。她仍然可以一片好心，当是老同学挥手说再见。

受伤的动物，早已被扬手扔向茫茫大海。

吻一个人的背影

夏　　末

一直到夏天的末尾，顾景文在C公司停留的时间，已经有三个月了。他走过靠左手边上的走廊，到饮水间，这家公司的纸杯是定制的，白蓝的条纹缠绕在上。他一口气喝了五杯水，然后叹了一声，回到自己的座位，拿出了辞职信。

不管怎么样，他不能够安心地在一个地方待着。他觉得自己就像一只寻找葡萄的狐狸，欺骗自己吃不到的葡萄是酸的，已经不奏效了。

偶尔，他会想起大学里的某些女孩子。她们美丽，高傲。

个子也比他高。

这令他感慨，世界太不公平了。

他无比想念一个女孩子了。但是，他不知道她有没有想念他。他甚至不确定，她知道不知道他的名字。

有什么办法呢？两情相悦，其实并不是一件容易的事情。

他的气味

陆小薇往右手边走过去，一只手拦住了她。

那只手来自一个男子，表情生动，年纪不大。许舱北问，“下班要不要去吃砖灶披萨？”

“不要。”

“要不要去咖啡厅坐坐？”

“不要。”

“要不要去酒吧喝一杯？”

“不要。谢谢，你请自便。”

陆小薇觉得自己的脸色足够冷了，还是对付不了这个死皮赖脸的年轻男人许舱北。许舱北像不知道面子为何物，总之，被拒绝对于他来说，与晚上被蚊子咬了一口差不多，小痛小痒，不碍事。

陆小薇绕开他的手，进了饮水间。被人追求不算一件特别坏的事情，但是，他不是她想要的。

她端起白蓝相间隔的水杯，心头惆怅了片刻。

C公司里，许舱北的气味渐渐淡了。他再度离开了。她走着，看着地板的瓷砖，想象着，他走的时候，用几步走完两块大瓷砖之间的一段距离。他们在一个房间里，喝一个饮水机里出来的热水和冷水。

他们用的也是一种杯子。

小男人之誓

有什么办法呢？那一年，秋天的风很凉爽，体育场的地面也很干净。陆小薇坐在后面的阶梯上，看着许舱北和他的伙伴挪移蹦跳。谁也不知道她在看谁，她总是矜持，难道一个优秀的女孩子不应该矜持吗？

陆小薇有修长的腿，是学校女子篮球队队员。同时，她鼻子挺拔，头发如瀑布。面孔犹如月亮那样皎洁。她站起来，有一米七八那么高。而她中意的他，却只有一米七三。是的，她目测了他无数次，完全可以确定这一点。

一米七三的顾景文，从球场上下来，和伙伴们去冷饮店喝东西。她了解他的习惯，已经坐到了里面藤蔓帘子隔断的位置，而顾景文和他的朋友们坐在外面。

隐约，她听见顾景文跟别的男生说，你们不要吹牛，我一定会找到一个美女当老婆的。哄笑声里有人逼问他，究竟是哪个会看上你呢？顾景文你别的不赖，就是矮了点。以后拖着女朋友的手，小男人一个。

她听见顾景文说了一句她一生中耿耿于怀的话，反正我的老婆不能够比我高。

顾景文的声音很大，气咻咻的。还附加了一句，我发誓，我要是变成小男人，我就是小狗，不是男人。

她觉得身体里某种东西像玻璃一样粉碎。童话里，美人鱼喝完巫婆的药水，把尾巴劈开变成了腿。现实里，她不可能让自己矮上一点。

她觉得自己有罪

陆小薇有男朋友了。

那是个比她矮的男孩，她自己也说不清楚，这个男孩子有什么优点。总之，她答应了他的追求。追求她的人太多了，她早就分不清楚谁是谁。

当她答应之后，看见一个人充满兴奋的眼睛，居然那么明亮。这使她对这个男孩子，有了一点点好感。

这个男孩子主动化身为她的仆人，奉她为公主。

清早，早到太阳还没有起床，男孩就跑去买早点了。等到她走下宿舍，已经可以享用最喜欢的柠檬奶茶以及全麦面包。

这中间，她常常遇见顾景文。

顾景文也有了女朋友，那果然是个小美女，比他矮。小巧玲珑的女孩子被他牵着，像是大哥哥拖着小妹妹，她忍不住笑出声。顾景文就尴尬地笑笑，走开。

陆小薇心里不是不难过的。可是，每每有他在，她只会笑。

她的男孩想吻她，她推脱没刷牙。想要牵她的手，她就说，“你的手心都是汗呢，应该去做一个小手术。我不喜欢牵着湿漉漉的手。”

男孩去做了小手术，收拾掉那些无辜的汗腺，但她却提出了分手。在落叶满了街道的季节。

她觉得自己有罪，使曾经那么明亮的一双眼睛，从此黯淡下去。分手的话都说了，还能够怎么样？只是，这个男孩忽然笑了，说，“我早知道，你不可能爱我。但是，终于你还是做过我的女朋友，就算是名义上。所以你不必觉得愧疚。”

她知道他对她好，除了感激，她别无其他可做的。

吻过你的背影

毕业聚会那年，学生们集中往几家酒店跑。她对自己班的班长说，我们也定在子轩酒店吧。

因为，顾景文的班也定在子轩酒店。

隔着五间包房。陆小薇不断地进出，往返在洗手间的路上。真的，她根本不是去上洗手间。她终于等到顾景文走近，她慌张地拿出小镜子，以表示自己在补妆。可是，当顾景文转身，背影出现在小镜子里的时候，她迅速地吻了镜子里的他。

然后，他们再也没有见面了。

陆小薇对每个问起她的同学说，她打算出国了。

她一直都在打算，却始终没有出国，只是借口而已。

顾景文到了一家 A 公司，试用 3 个月，不满意，于是跳槽。

他走后的第三天，她进入 A 公司，出现在他出现过的地方。她是优秀的，并且不计较条件，没有公司愿意拒绝她这样的员工。她喜欢听故事，听待的年头长的人，讲一些优秀员工的故事，还听女职员之间聊天的八卦。她保留了大学的好习惯，别人在谈，她在旁边假装安静地看书，其实她什么都听见。

有关某个人的蛛丝马迹的话语，她都听得入心。

但两个月后，她必定辞职。

顾景文抵达沙城，沙城的B公司不错，于是他正式工作了半年。居然业绩优异，获得赏识，于是与之竞争的C公司找来猎头，拉拢他过去。

他走后，陆小薇来到了B公司。她同样表现不错，B公司却没能够留下她。经理无限惋惜地问，“是不是要开什么条件？”她摇摇头说，“没有。”

陆小薇不是不知道，顾景文早已经跟他的小女朋友分手了。

能够改变的

顾景文离开了C公司，其实连他自己也不知道，接下来应该做什么。

他现在常常做梦。梦里，他在体育场上打球，而人群之中有一个人看着他。等到他想去发现究竟是谁的眼睛，就醒了。

这些年来，他有一件怪事情，一直不知道是谁做的。

每年在他生日的时候，会收到一份大包裹。

顾景文几乎羞愧万分。因为，里面是所谓的足足十个疗程的增高产品。他并没有拒绝使用，只是，他一直没有长高了。医生告诉过他，你早过了青春期，没可能高，一厘米也不成。

是谁在笑话他，讽刺他？却又不像。谁舍得花几千元钱买这么多东西讽刺他呢！到最后，他只好丢掉。毕业以后，他的生日照旧收到。

在顾景文离开C公司后，才想起格子间的抽屉里，还有一份他的“增高脚贴”。邮戳还是最近一个月的，他忘记了丢掉了。

要是被同事发现，太没面子了。

他匆忙回去，他的位置上，是一个女孩子。他觉得是那么眼熟，忽然，他喊出了她的名字，“你不是陆小薇吗？”

陆小薇愣了一下，原来，他还记得她的。然后，陆小薇笑着点头，眼神如同月光一样温柔，笼罩着顾景文。

顾景文想起了梦中的那双眼睛。

顾景文说，“我抽屉里有点东西忘记拿了。”陆小薇乖乖地让开位置，说，“你找找看，我没看见过。”

果然第三层抽屉里什么都没有。但是，顾景文的心里，如同一间装满了杂物的房间，清理之后一切亮堂清晰。

顾景文熟悉包裹上的笔迹。他看见了陆小薇在桌子上的笔迹，尤其，那笔迹绵延蜿蜒，是一个又一个的景字。

时光并非那么无情。

她没有问他，年少时候发过的誓言，现在为什么不算数。她只知道，此时此刻，她拥有了他的怀抱。

现在，顾景文忘了他曾经打赌发过的毒誓。他也不会知道，那年她吻了他的背影，发誓跟着他亦步亦趋。身高是她这辈子不可改变的事实，但是，她无法控制自己不去爱一个人。

他们开始交往，恋爱。

故事就是这样结尾。“你是不是有点不满意？”

你应该明白的，世界上的很多事情是不可改变的，包括我们自己的某些身体特征。

能够改变的，是我们自己的心。

被遗忘的时光

韩迪生站在自己隐藏于学校角落的屋前，又看了一遍手中的信。左手习惯性地摸上额头，边角的地方已经微微地秃。多年前，那里是茂盛而浓密的，就跟他房前的树木在春天的样子。信封内是一张三点四十五分，去邻近一个小国家的机票，落款是“你的旧情人”。

在韩迪生的前二十年光阴里，有过一些旧情人，但他不知道究竟是谁，隔了这么长时间，还想要见到他。

稍微发愣的当中，他的妻子已经懒洋洋地牵着小孩，从小学回来。阳光零落地照下来，一直到三个人一起在门口见面。小孩叫着爸爸，仍然显得柔美的妻子说，“我们回来了。”他觉得一切都是幸福的，这样的一刹那，韩迪生几乎忘记藏在怀中的飞机票。

他从江城出发，机票终点是狮城新加坡。

还有一句英文歌的名字，“Silence must be heard”。

他懂这句的意思。

俊美男子

在二十八岁，美院的教室。韩迪生捏着一根细小的白色小棒，在挂板上指指点点。整个三十三中学的美术班都是他上课。他右手在人体结构图片比画，左手就习惯地往额头摸去，顺着鬓角滑过去。嘴唇边是淡淡的笑，很俊美的样子。

台下的学生里，女生发出像老鼠在噬咬面包屑的笑声。而林涌呆了一呆，手一偏，掌心的铅笔，笔芯断掉。

回到宿舍，林涌右手扶着栏杆，左手抚上额头，顺着鬓角滑过去。嘴唇边，浮出淡淡的笑。这个动作她结束一遍，又重复一遍。动作停止时，她忽然想起一句很动听也很老的诗，是一个男子写的，被女子一唱三叹：教我如何不想他……

香水与铅笔

美术学院的宿舍楼。邱橡在楼下喊："林涌，你下来，我请你去吃冰淇淋。"

"林涌，邱橡这样的好男孩，你还不要，你简直是不识宝。"其他女孩子在一边感叹，林涌闷闷地什么也说不出。嚣张跋扈的美术男生里多的是怪人，比女生还古灵精怪。邱橡这样清秀斯文、优异又深情的男孩子，很珍贵。如果在窗户下叫谁的名字，谁不会下去？只有林涌在犹豫。

林涌的桌子上，摆满了邱橡通过各个姐妹辗转送来的礼物。林涌只打开过一只香水的瓶子，也只用过一次。

她轻轻在手腕涂上一点，闭上眼睛，腕部微凉后，渐渐温热起来。就要陶醉于兰文“琶音”的气味，是若有若无的矜持与喜悦。林涌听到一声细微的破裂。四周无人，就只有一个自己。那破裂声音很小，似乎不是从这个世界传来，是铅笔笔芯断掉的声音。

邱橡在二楼楼下，一声又一声叫着两个字，“林涌，林涌，林涌……”像是一个少年在朗诵一首最纯美的诗，其中的代表主题的两个音节。

林涌真的跑下楼，像是一只白色受伤的兔子。林涌笑着对邱橡说：“我们去吧！”邱橡的眼睛闪亮着。这份爱情，如同春末的栀子花，可以顶着太阳，明亮地开放。

再　见

一个学期的课程结束，最后一节课。韩迪生第一次穿着西装来了，看看表，到最后五分钟，对着全体同学，有点腼腆地弯下腰，鞠了一大躬，说，“谢谢大家的配合。”然后从一大提口袋里，掏出一包包红红绿绿的小包袋糖。

学生们立刻明白。韩迪生从第一排到最后一排，回应着一连串的“恭喜老师”。

走到林涌身边，林涌接过糖，问：“可以再给我一包吗？”

可以，当然可以，这么爱吃糖呀！韩迪生的白皙皮肤，泛着红：“小林还没祝老师幸福呢！”

“祝老师新婚幸福快乐！”林涌笑着说，把两袋糖紧紧抓在手心。

韩迪生转了一圈，分发完喜糖，招招手说，“再见，同学们！”

林涌说，“再见。”这声与众不同的再见，在一群人的声音当中，没有人听出来。

二十四颗糖果

寒假过去就是情人节。这个情人节邱橡极高兴，极兴奋，这是他和林涌过的第一个情人节。

邱橡抱着一只很大的卡其色绒毛猫，在校门等到了林涌。他准备了五个笑话，去西餐厅的路上，讲到第四个，已经到了目的地。林涌一路走过来都不觉得远，一路不停地笑。

上菜时，邱橡讲第五个：“有个地方犯罪率急剧减少。各界探究原因之后，终于查明底细了。原来各看守所和监狱贴出了这样的布告。从今以后，凡因犯罪或嫌疑进入本处的人，自行负担食宿费……林涌，你在听吗？林涌……”

林涌走神了。她心不在焉，手里的刀叉，一下一下戳着牛排。邱橡忽然说：“韩老师真是一个好老师，水平很高，人也好。真为他高兴。”

林涌道：“是啊。”

送林涌回去时候，邱橡忽然亲了一下林涌，“我爱你。”林涌仿佛惊了一下，笑了一笑转身飞跑上楼。梦中，她沿着一个人的轮廓，手指画下剪影。那一晚城市里骤然寒冷起来。半夜里林涌醒来，目光炯炯，取出一颗糖放进嘴里，等天亮起来。

年夜，林涌叫出邱橡，说：“我办了出国去留学的签证。你愿意等我吗？不愿意，我们就分手吧！”

“为什么？”

林涌沉默不答。

邱橡好看的嘴唇颤抖得厉害，“为什么？”

还是沉默。

“你，还回不回来？”

“两年后再说。我要好好学习，你电话少点，不要让我分心。”林涌看着天空，这样，眼泪没有办法流下来，一直到邱橡慢慢地走远。

邱橡的信每周一封，不紧迫，也不松弛的节奏。最初，林涌收到的是纸质的贺卡，贺卡上有很多的字，最后还会附加上一则小笑话。但她不曾回复。看了很多很多的信，林涌只吃一种糖果，每个月吃一颗。

二十四颗糖果，二十四个月。

两年的时候，她完成了一件失败的事情。

2009 年，已经在一家设计公司工作的邱橡，早上走进办公室，打开电脑收到一封新的邮件。邮件内文无一字，标题写着，邱，我不会回来了。

2014 年，这期间微信流行起来了，贺卡变成了动态电子贺卡，会显示出一张生动活泼的声音画面贺卡。

当然，都是免费提供的。

林涌镀金完，到新加坡工作。还是继续收到卡片，电子的，但都是亲手绘制，笔法都是她最为熟悉的。有时候她回复，有时候她不回复。但无论回复不回复，都绝口不提爱。

遇　　见

新加坡的一家酒吧。十四号座位。

韩迪生抵达后，开始后悔，一切都显得古怪。他把自己收拾得很好，但岁月无情，三十六岁过去，奔向四十，镜子里的头发稀疏。发福的身体，西装已经掩不住臃肿。

韩迪生等了六个小时，天黑下来。侍应生走过来："请问你是韩先生吗?"

"我是。"

"这信是有人转交给您的。"

"我只是想看你一眼，现在我已经看见了。我心满意足，迪生，再见了。"信的背面，是一张返程的机票。

是我念大学时的那个情人吗?韩迪生哭笑不得，他站了起来，四周张望，喧闹嘈杂，人影恍惚。许久，一个人走出去。只一晚，明早的飞机回去。一切都没发生，没发生一切。真像是一个恶作剧。

由始至终，韩迪生并不知道，在他最美好的年纪，曾经留下过一个碎片的残影，在一个女孩的心里。

意外安排

林涌一直避开任何能够见他的地方，能够听到他消息的机会。她心底的某些东西，渐渐凝结为水晶似的糖果。不去触碰，像有甜味持续存在，尽管虚幻。

现在，她却坐在这个酒吧的角落。一眼看见一个人，也一眼认出这个人，韩迪生。一个朋友打来电话说，“林，周末我们去 happy 吧！你看你一个人多么寂寞，从阿凯到家科，你一个也没看上，你到底会爱上什么样的男子？是不是还有旧情难忘？这样下去你会成为老姑娘的。”

但笑不语。

“这样，说好了，到酒吧角落的二十号台，不见不散。”

“好。”她答应着。

她是寂寞的。甚至在寂寞里，给那个曾经放弃了的邱橡回复过电子邮件。邮件的末尾，有她的电话号码。

林涌坐了两个小时，一直就那样坐着。从少女成长为女人，面貌不是没有变化的。林涌看见那个男子，站起来四处张望，演示了一下习惯性动作。眼睛从一张面孔扫过另一张面孔，带着茫然，然后走出酒吧。韩迪生没认出她。

有什么在破裂？很细碎的破裂声。是有种东西破裂了，就像那些年前，在画室里，她只是呆了一呆，手心的铅笔笔芯断裂的声音。那个皮肤白皙，额头光洁，手顺着鬓角滑下，很俊美的男子，瞬间模糊，裂开，一片一片散开，渐渐扩大，仿佛出现一个巨大的黑洞，把一些光影的残碎片段，连同声音，都吸了进去。荡然无存。

上天，还有如此的意外安排？

Silence must be heard

一个月前，在国际机场，邱橡将一张泛着银光的万事达信用卡，刷了一下，签字后，将机票并一张信纸套进全球快递EMS。

“Silence must be heard”，沉默之爱，一定要被听见。

他还打了很多的电话。一直到三天前的最后一个电话，是拜托林的朋友的。

爱一个人很久，是会累的。邱橡很累，累得做完这一件事情，打算从此不再继续。他在宾馆的床上，疲倦地入睡。很久，醒过来，手机上有一条新的短信息。“我们见一面好吗？林。”

这一面，见得很不容易。

林涌说：“你很残忍，我心里已经放了那么久的一块糖，你故意碾得粉碎。”

“你更残忍，将我悬隔在半空中那么久。”

她沉默着。

他继续说：“冬天结束，春天开始的时候，我就回国了。雪不下，春天就不会来，你说是不是？”

林涌没有问他什么时候来的，林涌看见这个男孩，这么多年过后的样子。他的眉角更加浓厚，曾经少年化的抿得很紧的嘴唇，已经不再。

最重要的，是他看她的眼神，疲惫而宽厚。这个在楼下一遍一遍大声叫她名字的男孩，渐渐到了最华美的时刻。

无语散去。

这年第一场雪下完的最后一晚，邱橡接到了电话。

接通电话的时候，林涌的眼角有眼泪流下。

林涌慢慢地说：“邱橡，要重新开始，是不是就要先结束？邱橡，两个太执着的人，正适合在一起，你说对不对？”

与岁月温柔相待

在那个夜晚，那个有雪的夜晚，念久艰难地走了很久，才接近自己家所在的位置。那天全城毫无悬念地大堵车，她根本没有试图去挤车。走过了一站又一站，走到渐渐僻静无人的人行道，雪积得很厚实。

念久有一个念头，她很想就这么倒在雪地上，就让雪冻住自己，让自己的所有感觉凝固，不再觉察疼痛。

这是一个本质上等同自杀的念头。

于是，念久真的就轰然扑倒了，就那么笔直地倒下，积雪发出沉闷的声音，刺骨的冷侵入皮肤，念久的眼泪终于温热地流出来。她就那么躺着，一动不动。

当我死掉了，毅友他会来参加我的葬礼吗？念久的眼泪源源不绝。

你的朋友在哪里

毅友骂念久脑残的次数，念久都记在心里。

有首老歌唱“一二三四五六七，你的朋友在哪里”。一二三四五六七，你的脑残在这里。

关于脑残的诸多事件，通常都是一些没什么意义的琐事。噢，按照如今的说法，应该是没神马意义。神马也是四千八百种脑残词汇之一。

那次他们在吃饭，吃了黄桃再吃芝士蛋糕，喝了咖啡再喝玉米浓汤，一份猪扒两个人吃，他们表现得很亲密，很热络。然后毅友就说，我要去拉屎。念久喉咙被一粒龙眼噎住了，差一点连核吞下，她费力吐掉果核。念久有点郁闷。

有些人总能够在吃饭的时候肆无忌惮要去拉屎。

要拉你就去拉啊，为什么不直接就去少啰嗦，实在要说，为什么不说去洗手间？为什么不假装高档来一句英文 Excuse me？

念久被败坏的胃口酝酿着糟糕的情绪，她想等他解决完他的轮回之事后，和他好好说说他的行径很可恶。在等待他返回餐桌的时候，邻桌的两个大叔和一个少年正在点餐。

一个大叔说，“有什么吃的？”

女服务生淡定地回答，“有自助沙拉，有果汁，有水果，有意大利面条，还有牛扒和咖啡。”大叔说，“要咖啡。”

女服务生继续淡淡地问，“请问要清咖还是花式？”大叔说，“要现磨的。”

女服务生的眼神就露出了一丝不屑的笑意，但她的笑意很含蓄，含蓄得让人觉得她心里一定在回荡着一个词。

大叔就嗫嚅地说，“现磨的就好。”女服务生诚恳地开始解释，“清咖就是什么都不加，花式加奶油加别的，比如卡布奇诺。”

“卡布奇诺，卡布奇诺。”大叔如释重负如蒙大赦。

大叔人生中一定是第一次喝这么纠结的咖啡。有知的人就爱嘲讽无知的人脑残，但至少女服务生还算温柔。

毅友回来的时候，念久想了想决定把话题用一个婉转的方式拉回来。她说，“好了，你现在清空了，可以多吃一点了。”

“程念久，你学过中学生物吧？”

“学过……”

“清空的是肠子啊，吃东西先要进胃，消化了才到肠子，你的胃是肠子吗？文科生啊，真是……”他说到这里就点到为止了，大概想到他已经重复使用太多次那个词。

“真的，我就是个脑残，人生何处不脑残！”念久痛苦地想，为什么会喜欢上这么一个理科男？然而爱无道理，也无公平。

这顿饭吃得很精彩，精彩到念久沉默了好几天。

以其人之道还其人之身

然而，然而可恨之人必有可爱之处，就像可爱之人必有可恨之处。

当时念久跟着一群人去乘坐公交车，汇集在各种学生当中，念久一副去旅行的样子背了双肩包，但其实她只是潜意识不认为自己已经大学毕业了，潜意识希望自己还是个学生。她的双肩包的其中一条肩带滑落了，站在她右手边数过来第四个男孩嘀咕了一句，“嘿，搞得跟 bra 掉线了似的。”

“你这个人怎么这么猥琐啊!”念久不能不生气，她绕过三个人，靠近那个男生说。

“那怎么办？你要我赔礼道歉吗？”男生反问。

“没错。”

“好，对不起。请我吃饭吧!”男生不以为然地说。

“你跟我说对不起，为什么要我请你吃饭？”念久瞪大眼睛，因为她知道她的眼睛其实很小，瞪大点才好看。

“因为，我买单。”男生说。

他们就去吃饭了，但他们吃得其实不是饭，更不是寂寞，他们吃的是皮蛋瘦肉粥。

男生用他的勺子挑一下，念久用她的勺子挑一下，各自吃各自的。小店里充满了各种食物的香味，充满了热闹的聊天，没多久，男生把他的勺子伸过来，喂到念久嘴巴边，她哑然笑了一下，张口吃下这一勺子，细细分辨这一勺里有皮蛋有瘦肉还有粥，完美无瑕的一勺粥。

他们就这样勾搭上了，在公交车站那相遇过几次，某个暮色夕阳很美丽的下午，男生突然挑衅，念久回嘴，他道歉，然后就水到渠成了。

如果不是喜欢一个人，也不会去数他站在自己身边第几个位置。所以，念久其实动心了很久。念久还知道，自己就是那种一见钟情、泥足深陷的人。一旦喜欢一个男孩，自己就好像丢到地下的地下，不再存在似的。看见那男孩的第一眼，她就知道自己完了。就像上一个十年，她唯一喜欢过的另一个男孩。用了十年，二十三岁的念久才忘掉他。

吃下那一勺粥的时候，念久想起了网络流行的梨花体。创造梨花体的那位老姐姐说，我做的烙饼是全世界最好吃的。那一刻念久在心里也模仿了梨花体，她想说，你喂的这口粥是全世界最好吃的。

但是她没说，只是默默地笑了，然后以其人之道还其人之身。

喂念久吃粥的毅友是全世界最可爱的男孩。

最可爱的人渐渐变成最可恨的人，喂她吃粥的人也骂她脑残。就算被骂得这么悲惨，念久还是无时无刻想着，只要在他身边就好。爱情容易让人变得低微，比尘埃更甚。

这当中时间只不过是过去了一个半月。

人都得吃饭

后来念久不断想起毅友那张有点郁闷的脸。

他爱电子产品，她爱看电影，他爱掌机游戏，她爱逛街买衣服买小东西。

念久不得不这么想：我们的乐趣我们的爱好我们的差别如此之大，大到要填满我们之间的缝隙，只有靠唯一的共同点了，那就是人都得吃饭，人都爱吃美味的。于是总是在吃饭，把这个城市附近的店子，挑挑拣拣轮换着光顾。念久不断编写各种短信，从我想吃 A 家的椒盐虾，到我想喝 B 家的海鲜粥，再到我想尝尝 C 家的飘香鱼，D 家的咖喱饭……

一直吃到有一天毅友突然叹了口气，“最近朋友都说我胖了。”而念久抬头看一看，伸手捏捏恋人的脸庞，说，“不觉得啊！”毅友再次强调了一遍，“你看仔细点。”但念久很不体贴地凝望片刻，坚定不移告诉他，

“一点也不胖，一点也不。”

一个天天照镜子的人，只有当他胖到一定程度时，才会突然在某一天发现，镜子里的自己今非昔比。当念久跟毅友一起在大街上走，当他的步子走得很快，念久落后了很多步，隔了一段距离看毅友的背影时，她发现她错了，毅友的确是胖了不少啊！真的，他胖了。一个高一米八三并且略帅的男孩，跟念久交往后，胖得有点变形了。

他的心情一定跟他的体重一样沉重，这个时候念久能说什么呢！

念久只好说，“你去健身吧！”

“好啊！”毅友说。

在他说好啊的时候，回过头看着念久，用一种莫名其妙的目光。

念久当然，当然没看出来那目光代表着什么。她又不是某个央视主持人，动不动代表亚洲代表宇宙，对于代表很有经验很能够理解。

总是到搞清楚来龙去脉后，念久才醒悟过来。

醒悟的时候，她的心开始遭遇不幸。

我的心死去了八又二分之一

所有的事情都有真相。只不过要在事后，或者隔远一段距离去看。就像毅友回头也发现念久没以前那么隽秀清瘦了。这只是真相的一半。

另外一半是，在念久劝说毅友去健身去减肥去变得更好之前，他跟前女友吃饭了。念久从来没有见过他的前女友，也没有在任何遗留物里见过那位过去式的模样，比如照片什么的。念久以为毅友已经跟过去断得干干净净了。她又错了。

毅友的前女友一直吃得很少，他的前女友跟他说他胖了，他的前女友要他去好好控制体重。

这些内容，是作为短信出现在毅友的手机里的。念久一错再错，偷看了男友的手机。

念久涌起一种强烈的渴望，她想见一见他的前女友，然后，恶狠狠推一把对方，最好推倒在地，叫她不要反反复复。当时不是你放弃毅友的吗？放弃了就不要再回头。

然而，比前女友找回来见面更可怕的是毅友还去跟前女友吃饭。男生真是奇妙的生物，理工科男生尤其奇妙，见前女友见得潇洒又大方。

她的心就这样，死去了八又二分之一。

他为什么要见前女友，他为什么要听前女友的话？为什么？

第三件错事

念久做了第三件错事，那就是真的去会了一会那个前女友。那是一个身材像纤细的竹子，有一定的胸部的女孩。这个女孩用似笑非笑的眼睛从头到脚，从脚到头看了一遍念久。念久没有做想象中那么彪悍的表演，相反，她惊讶地发现自己说话的声音，居然有些紧张地颤抖。她很客气地要那女孩别再见毅友了。那女孩则说，“当然不会再见了，你们呀，才是最合适的。对了，我的奶茶要用真的牛奶，低脂牛奶，不要奶精，不要糖，奶精就是氢化植物油，也是反式脂肪酸，又不健康又发胖。”

这个学识渊博的女孩说完，念久已经喝下了大半杯奶茶。

女孩捧着她最健康的奶茶，继续意味深长说了一句，“毅友跟我在一起的时候，我总是很注意他的饮食，多吃蔬菜多运动。”

“不过跟你在一起，大概很开心吧！男生嘛！都是食肉动物。”

女孩扬长而去，背影削瘦，姗姗动人。

一瞬间，念久明白了毅友的心情。那种沮丧和挫败。

分手的情侣都很想看看，对方离开了自己变成什么样。

当她想发短信给毅友时，发现她想不到更好的理由了。还有什么可以充当约会时刻的共同关注点？其他事物，她总是扮演着让毅友觉得她脑残的角色。

谁也不愿意总被羞辱，即便羞辱你的是最爱的人。

念久茫然地一个人走啊走，她忍不住深深地叹了口气。他跟她在一起，没有向着更好的方向进化，而是彼此变得糟糕了。毅友已经意识到这一点了，念久缓一步才意识到。

然后，毅友开始对念久避而不见了。念久很不安。

再用下一个十年

气候越来越冷，念久很努力地节食，很努力地克制自己，不去让毅友觉得烦。最好能够静静地等待，等待他主动来找自己。但是很可怕的是，作为一个女生，她发现自己胖起来容易，瘦下来很难，万般艰辛，才减了一点点。缺乏热量的饮食，让人的心也越来越容易觉得冷。更可怕的是，毅友说他很忙，有空打电话发短信已经不错了。

只是雪一场又一场地下，节日到来，那些不安分的年轻人都把圣诞节当情人节一样过。念久总算见到了毅友。这个时候的毅友，围着一方黑白花纹格子巾，他又瘦了。瘦下来的毅友变得很有型，很有气质。他们似乎回到了最初相遇相处的样子。

但是，说点什么好呢？念久没有想好说什么。

毅友先说了，“我会陪你过完这个圣诞节的。”

“这是什么意思？”

什么意思呢？

念久愣了半晌，她转身就走。其实她最先的步子走得很快，之后就刻意慢下来，越来越慢，但她回头去，原地空荡荡了。当她跑回原地，气喘吁吁，寒风不限量灌进她的肺部，她剧烈咳嗽起来。念久很想哭，但是眼泪却仿佛太久违，不知去向。呆呆站立了许久，她慢慢往回走。雪继续下着，四面八方在庆贺，夹杂烟花味道的空气，头顶有彩色光芒不断闪耀，她就这么失恋了。

快要走到家的时候，她扑倒在雪里，就像这个故事的开头那样。

她无法忍受，再用下一个十年去淡忘一个人，真的很痛苦，很艰难。

然而，丁毅友是不会来参加程念久的葬礼的。

雪地之中，发生了另外一件事。

这件事，对于世界来说，微不足道的微不足道。

但对于念久来说，她人生中如此深刻的一段恋爱因此结束。

微不足道的事

那件微不足道的小事，在念久悲伤到无法承受，只想永远睡过去不要再清醒感知一切的同时，发生了。

是一种相当微妙的感觉，最初是淡淡的，慢慢的。

渐渐就开始凝聚，开始扩张，开始膨胀。

最后，这种感觉剧烈地传递到大脑，被脑袋里的神经一波一波接受。

念久专注于恋人和爱的心，开始分神。

她无法不分神，那种感觉抵达高峰，忍无可忍。

念久豁然从雪地里爬起来，她也没顾上拍打身上的雪，也顾不上周身又冷又痛。她开始继续向前走，越走越快，进了自己所住的公寓大楼，飞快按下电梯，急切瞪着指示灯的数字。电梯门打开，念久冲进去，按下自己的楼层，掏出自己的钥匙。楼层一到，她就握着钥匙开门，扑向那间最普通的洗手间。

悲伤到极致一刻，她尿急了。

念久又哭又笑了。

然而这像是一种平凡的神奇，她似乎忘却了自身，丢掉了自我，来沉浸到自己的悲痛中。而自我一直都在，就像没有谁的身体能够忍耐尿急，自身最基本的需求，把念久拉了回来。

所以她恢复过来，从死掉一部分的失恋中活了过来。

时间走到下一年的春天，即便那两句诗已经被人们引用到泛滥，即便某些电影里才念出面朝大海春暖花开的文艺男女，立马就被杀手给干掉了。

念久还是去看海了，顺带散心。她终于又瘦回恰当的身型，自拍之外，可以把照相机递给别的旅客，尽情请陌生人帮她拍照留影。

据说她爱的男孩跟旧女友重修旧好了，据说那男孩给念久发了请帖。

念久没去理会，她只能对全心全意爱自己的人，回报全心全意。

所以，她虽然退后了一大步，但又费力进化了一大步。包括念久自己也不会想到，领悟于尿急。

更加好的念久，吹了一个黄昏的海风，转过身，提起搁置在岩石上的鞋子，她把球鞋倾倒过来，那些无孔不入、钻进球鞋的沙子，流淌下来回到了沙滩上。但这沙滩不是几个小时前的沙滩，念久也不是十几岁时的念久。

人生也不过只有七八个十年，她早已用掉小半生，不能再浪费太多给荒芜。

岁月待她不温柔，她要自己对自己温柔。

两个人在一起

1

曹志在女朋友跟他说分手的时候，正在裁纸。年纪轻轻却胸无大志超级内向的曹志把打印了大批通信地址的 A4 纸，一条一条裁成工整的小纸条。这份工作赚的钱吃饭租房可以，没什么前途。

曹志曾经是有志青年，现在专心致志裁纸条，重点是，他在接到女朋友亲口说分手的电话后，继续镇定地折那些小纸条，捏着固体胶，把地址条贴在信封上。那些堆积如小山的内刊，是这家有名的房地产公司本地分公司做的最后一期。

不是做得不好，是因为电子时代要改做电子版了。谈恋爱跟他的工作可真像，不是做得不好，而是时代变了，人跟着变了，有些东西没撑下去只好被淘汰了。

所以最后他叹一口气，跟同事打了个招呼说，“我出去透透气。”再也没回来。

2

小朴就像她的名字一样，透着大大咧咧的朴素随便。这种漫不经心的女孩子，最讨厌穿高跟鞋。这样的女孩子要跟交往的男生搞好关系，比较难。因为一点也不擅长卖萌撒娇。一般来说，拯救的办法是尽量掩饰才华，如同普通学历一般。

很遗憾小朴智商不错，是个学霸。在读书这件事情上太有天分了，所以她容易就拿到了全额奖学金，所以她很容易跑到美国。

读完了几年书，再回来的时候，小朴发现，男孩子们怎么不来找她？

小朴在一家外企待着，并不算冷艳高贵。如今的外企早不是当年让名校学生们趋之若鹜的黄金宝地。世界五百强又怎么样，金融危机来了该裁的就裁掉，绝不会留情。经济复苏了，外企也牛叉不再。小朴没有被裁，她还年轻，又不是那些薪水一比八的中高层。

其实这也不是重点，重点是小朴在喝可乐。性格非常洋鬼子的小朴大口大口喝可乐，然后豪放地打了个嗝。打嗝是一件超级舒畅的事，但会吓到一起聚会的其他男孩子。她沾染了洋妞做派，而且是不讨人喜欢的那些。

那些男孩子跟那些乖巧的小心翼翼维持形象的女孩们搭讪，扯淡。

小朴一个人继续喝着可乐，越喝越不高兴。不知道为什么，小朴总觉得喝完了可乐，牙齿有一种奇异的感觉，牙齿就像瓷器加木头做的，上下嗑一嗑，咯嘣又干脆。

还剩下最后一个独自吃着菜的男生。这个男生低着头，一副没有热情挫败自弃的架势。所以小朴走过去用胳膊撞了他一下问他，“你是做什么的？你不想参加聚会干吗来呢？”

男孩闷了三秒钟说，“我不做什么的，他们拉我来的。”

“什么叫不是做什么的？”

“我是个无业游民。”男孩回答。

“哦，无业游民怎么不去找工作？”

“再说吧！”男孩仍然没抬头，一股子懒怠闲散，谁也管不着的气息。

“拜托，这么大男人，有点精神好吧，不然干吗出来玩？”小朴认认真真劝告他。然后男孩就对她说，“是吗？那打起精神了，你就当我女朋友吧！”

3

后来小朴和这个突如其来就示爱的告白男交往了。

后来小朴知道了告白男的名字叫曹志。

再后来，小朴跟曹志住到一起了，很快她基本上搞清楚了，这个男人的别扭拧巴。当时的曹志失恋了，一声不吭离职，连最后一份薪水也没拿。

真有性格啊。这样的男孩谁敢爱？

小朴敢。

“你要待在家里吗？”“好。”

“你要吃什么？盒饭还是快餐？”小朴在电话里大大咧咧问曹志。然后曹志被她逗笑了，“盒饭跟快餐有什么区别？现在的快餐难道不用一次性盒子装吗？”

“是啊！有什么区别呢！没有就没有呗！”小朴吃什么，曹志吃什么。

小朴的收入不高不低，两个人吃饭住房没问题，小朴本来就住着家里多的一套老房子里。从头到尾从上到下看起来，就像是一个吃软饭的遇到了一个愿意做软饭的。如果有人这样提醒小朴，小朴会笑嘻嘻说，“是吗？真的是吗？那就是的吧，没关系啊！”

世界上的人有千百种活法，又不是人人要活得一样，反正她对生活非常满意。

当小朴每天去上班，去开会，去面谈客户，去领薪水，曹志开始在家里打扫清洁，开始整理衣服，开始种菜。真的是种菜，香料和蔬菜们纷纷随季闪亮登场，超市和菜贩都没有自己种的这么新鲜。一边种，一边等小朴回家了，勾肩搭背看《舌尖上的中国》，看《深夜食堂》和《孤独的美食家》。

别人看着美食纪录片是受煎熬，曹志刚刚相反，淘宝各地的材料，直接在家里，跟小朴一起漫游中国，共谱美食地图。

日子慢慢过下去，小朴有天在吃饭的时候，曹志忽然跟她说，“喂，我跟你讲一个笑话吧。”

笑话是这样的。

中学时，我因为打架被学校开除，同班一位女生追到我家，对我说：“你走了，我怎么办？”我妈妈当时急了，问我：“你们俩有什么关系？”

我也很纳闷，说："没什么关系呀！"就见那女生说："你走了，我不就成倒数第一了么！"

讲完小朴就笑了，哈哈大笑，嘴巴里的米饭喷出来，喷了曹志一头一脸，曹志也大笑起来。

4

再见到前女友是在一个天气挺好的日子。曹志跟售货员说说笑笑，然后坐回桌子打开文件夹做工作。他是自己重新去找的事情做的。因为在家待着有些无聊，时间那么多，小朴也要忙她的事情。他找了一份兼职了，他赚了一些钱，他给小朴买了礼物，也给自己换了一身衣服。换装后，整个人看起来，很有些不一样。前女朋友犹豫了一下才认出了曹志，她喊了一下他的名字，"曹志，是你呀！"

"是啊！"曹志笑着打招呼，眼神温柔地看着前女友，"最近好吗？要喝杯咖啡么，我请你吧！"曹志说了很多很多话，但说话的速度很适宜，所以一点也不让人厌烦。直到前女友说，"你现在变得可爱好多。"

这样的赞美，曹志笑一笑点点头。前女友说，"现在一定有女朋友吧！"

"不，不，"曹志回答，"没有。"

前女友终于开口说，"那晚上回我那里一起吃饭好不好？"

"不，不，不好。"

因为他没有女朋友，但有未婚妻。

实在是遗憾得不能再遗憾了。

并且，曹志和小朴明天就去拿证，明天小朴会请假和他一起去。在告别前女友之后，曹志去参加了一个同学活动会。换成以前的性格，他是很不喜欢那种人多人又复杂的场合的。

在活动会上曹志看到了一个有趣的故事，一对留学生男女。于是女方主动问男孩，“你留学那时住哪儿?”

“百老汇。”

“我也是!”

“哪条街?”

“87街。”

“我也是!”

“我住512号，你呢?”

“我也是!”

旁边人都崩溃了! 但貌似两人当时没见着，一个老同学说，“他那时候看到美女都不敢抬头，溜着墙边走。”全场人都在笑。

曹志也笑了。

那么看见美女头都不敢抬的人，如今是怎么变成一问一答攀扯上的呢! 曹志决定回去一定要讲给小朴听。小朴也是留学生呢! 等到曹志回家，目睹的是一片狼藉的房间和无奈耸肩的小朴，还有前女友。但是，前女朋友在帮着小朴一起收拾。到底怎么回事呢?

5

曹志没有多问什么，他只是赶紧加入了收拾整理的团队。三个人动手整理，清扫碎玻璃和摆放好歪斜的一些物品，房间很快恢复了原样。最后，曹志紧紧地站在小朴身边，扶着小朴的胳膊呵护备至。而前女朋友，深深地凝望他们一眼，跟他们说再见，说“祝你们幸福”，然后离开了。

只剩小朴和曹志的时候，忽然小朴扑哧笑了。

“笑什么？”

“我在笑，你现在成了抢手货。”

“是吗？是她来闹事吗？你做了些什么呢？”曹志多多少少有点紧张了。

小朴靠在躺椅上说，“我只是感谢她，感谢她教会一个男孩变得主动，如果不是她的放弃，你也不会振作想要努力尝试换一种人生风格。”

这样的小朴，也一定走过了可恶可恨又一团糟的时光后，才变成最好的小朴的。曹志忽然心有灵犀，对小朴的认识更上层楼。有智商的人，在世上多遭遇一些事情，迟早渐渐也会有很高的情商。

他招呼小朴，一起开工做饭，夜里城市的灯光不断燃亮。曹志的故事还没有讲完，关于遇到美女怎么办。勇敢点，美女才会注意到你，才有希望在一起是不是？

那些孤单单的人儿，都走过一段难熬的日子，直到找到愿意在一起的人，然后孤独变质，两个人高高兴兴地做东西吃。

恋爱模仿犯

1

大豆很可怜，他人生中第一份兼职相当滑稽。他要按时在每天的下午经过那套公寓时，登门提醒一个老头做一件事情。也就是说，大豆扮演的是闹钟的角色。事情不难，薪水不高，大豆却接受了，因为这个老头的住所靠近他念研究生的那所大学。作为一个年轻的男孩，他要陪伴着孤老头子半个小时，监看老头将一些图案画在纸上，然后开动一台新添置的白色飞利浦缝纫机。

你看过一个七十多岁的老头做缝纫手工吗？

你看过一个七十多岁，几乎大半生都在倒腾软件，并且还在大学搞教学的老头，忽然勤勤恳恳开始做缝纫吗？

很怪不是吗？

大豆见到了。

按照最初的协议如果老头不小心弄伤了自己，大豆就赶紧叫人或者帮忙护理一下。不过呢，看起来这个纯粹理工科的老头，对机械也很上手，旧被单的布料和一些美术系学生爱用的颜料，加以剪裁、拼接，老头完成了自己的第一件作品。

其实这样的监工，也不是那么的乏味，在旁观的时候，大豆会上一下网，写邮件。写邮件的时候，他瞅瞅老头，看看老头的小园子里那几棵植物，将叹息默默地在心里发表出来。

一个人离开家那么远，心却放在原地，风吹雨打。

当老头做出了第三件手工缝纫作品时，大豆这么建议他，要不要放到他一个同学的小店里出售呀？

老头没有回答大豆，他笑眯眯拍了下脑袋，反问了大豆，“哎呀，你知不知道我为什么要做缝纫？”

2

大豆写起电子邮件来，完全不像他打电脑游戏那样敏捷，也不像他跑步那样稳定，更不像他读书那么优秀。是的，优秀的大豆就读的那所美国大学的那个专业，即便在海龟们毫无神气资格的年代，还是挺好找工作的。大豆从来没担心过这一点，大豆跟老头说，把价格定低一点，肯定能卖掉的。在这个国家，除了智慧很贵，人工也很贵。

不过，大豆还真不知道，活到了人生的古稀之年以后，马上要奔赴八十大寿的老头，干吗忽然对缝纫兴致勃勃。

老头用有年纪人专属的耐心解释给大豆听。“人呀，总是要在时光中服从自然规律衰老的。技能不断退化，记忆不断衰减，最后就变成认知功能大缺失的老人，生活不能自理，生活可就变成大麻烦了。”神经学家推荐老头做手工。

大豆搞明白了。

大豆没有继续再多问，要尊重别人的隐私，如果别人不主动说的话。其实大豆也看见了，老头的爱人去世了，那张合照摆在屋子里显眼的地方，呈现着恒久的幸福笑容。所以老头需要在做事的时候，有一个人在旁边照看一下。

这段良好的雇主关系维持了半年，直到大豆不再打开电脑写电邮。

至于大豆给老头的建议，卖掉那些手工作品的建议，老头回答说，“干吗不存多点再卖呢？”

“也对。”大豆支持老头这说法。

3

在大豆观察了解老头的过程里，老头也在注意这个中国男孩。没错，大豆最初来的时候脸上表情有哀伤的成分。老头没反对大豆在兼职过程里，上网什么的。活了快一个世纪的人，总是很聪明的。聪明的老头在大豆的状态渐渐平复，秋天也渐渐到来时，很平静地，小心翼翼地问了大豆一点点问题。这个时候的大豆，已经可以很平静地回答老头了。

“是啊！我分手了。”

“就是从我来美国留学，而那个女生没法一起出来开始。都已经交往了两年呢，本来还以为大学毕业就会彻底在一起的。”

老头背着手发笑，“什么叫彻底在一起？”

“就是，就是在你们这儿，当着上帝的面承诺和交换戴上戒指嘛！”大豆也笑了。

“女生也不想分手的，可是那么漫长的时间都不在彼此的身边，很多事情就慢慢地淡去，淡出，淡化，最后，最后就变成了淡定。”

“嗯，你归纳得真好啊，这就是淡字四步骤。”老头跟着大豆学到了不少的中文。学一点外国语言，也是保持认知功能的好办法。

“那，那只好去找新的女孩子去认识呀！你不喜欢我们这里的金发女孩吗？太阳一照，灿烂无比如同黄金那样耀眼。”老头的爱人就是一个金发女郎。

“喜欢啊！”大豆不能说他不喜欢美好的事物美好的人。可是呢，一个人的心是很奇妙的，一个人的记忆也是很奇妙的，那些与情感牵绊纠缠在一起的海马区记忆，牢固主宰了大豆的哀乐。当他想起和丘丘一起划船，和丘丘一起溜冰，和丘丘一起跑到郊野打柿子，喂给对方吃，以及想起大考前一起温书，依靠着犯困，他的心就飘过了万水千山，停留到那条漫长江流旁的上空。

当丘丘终于找了新男朋友，大豆就不再写电子邮件了。无法挽回，写了也白写。

老头拍拍这惆怅男孩的肩膀，继续回头忙乎他的缝纫。大豆还以为老头会给他一点人生指导呢！结果，没有。

4

大豆回国了。三年时间不长不短，他跑了几个城市挑选工作，目睹每个城市的日新月异大建特建。他唯独没有去那个让他失恋的城市武汉。嗯，因为丘丘一直留在那个城市，并且她结婚了。不想听到的消息，大豆就干脆不去听。完成学业的大豆卖力工作，存钱买房。

如果有一套自己的房子，或许会更有兴趣找一个女孩来过一辈子。但是一辈子那么长，不知道什么时候才能够抹去旧人旧事。

偶尔，大豆会跟老头视频一番。老头在摄像头那边秀他越积越多的缝纫作品，黑色底子上大红的鱼鳞和祥云，老头的作品风格越来越丰富了，中国风都开搞了。大豆乐了，大豆问老头你到底攒了多少件了，准备开卖了没？老头说他总共做出了六十件，不过，他压根没打算卖。

太可惜了，看着老头越发精湛的手艺，大豆开玩笑说，简直可以上《纽约时报》了。

也许，老头用了英语语系的人民特爱讲的“maybe”。

很快，大豆终于知道了老头的作品最后的归宿了。

那些作品和老头的事，没上大报，但上了本地的新闻网。老头统统送给了一个六十岁的老太太。不，虽然六十岁，但她保养得真好，根本就还是四十岁的样子，很美丽可爱的一位女士。这位女士的丈夫去世了，这位女士是老头昔日的恋人。

老头向女士示爱了。

大豆懵了。

5

而大豆，大豆回过头，去见了他曾经为之伤心得要死的丘丘。

丘丘闪电离婚了，为了房子的事情。丘丘不是一个买不起房子的女生，她也有一份好工作。但是，如果一个男生跟她结婚，顾虑重重房产证上不出现她的名字，她就不打算原谅这种做法了。

丘丘上班的公司就在东湖边上，是一个做历史研究的文化事业单位。

直到大豆重新打通了她的电话。

那一刻，她忽然觉得世界真奇妙。分手了好几年的男友，居然还在等她。

“你要不要这么痴情啊！阴魂不散的！”丘丘在电话里这样问大豆。她说话的内容是令人惊叹的，但她的语气却是快乐的。

“我哪有痴情？”大豆不承认这个严重的指控。

大豆觉得，他又没有伤害到任何人，“干吗不找回自己喜欢的女生呢？”

为此，大豆跟丘丘说了一条不错的理由，“因为我是你的忠实粉丝，希望你给我签个名。”

“签哪里？”丘丘糊涂了。

“就签在我的房产证上吧！”大豆回答。

6

由始至终，老头都没给大豆任何关于人生，关于恋爱，关于爱情的格言或教导。老头只是做了他自己想做的事情。这个终于八十岁的老头，在锻炼肢体技能保持认知功能的学习中，用他的手工作品，追到了他当年喜欢过的女孩。六十件作品献给六十岁的恋人。

难怪老头不肯卖掉。这个狡猾的泡妞高手，像个中国功夫的高手，已经抵达返璞归真炉火纯青的地步。

在经过了人生的别离，因为际遇而遗憾地分开，各自走自己的路有自己的家庭，生老病死、告别自己的爱人，最后又有机会重新安排自己的人生时，老头淡定地再度拥有了幸福。

据说老头又要结婚了。大豆怎么能不祝福老头呢？他写了一封真实的贺卡，贺卡飞行许多公里，抵达老头和他的爱人面前。

如果分开了，就铭记。如果重逢了——那就在一起吧，结婚吧。大豆不承认他是个模仿犯，模仿了老头的淡定挚爱，应该叫学习和借鉴。

站在冬天之中最热闹的街头，烟花耀眼，寒冷将尽，春日不远。新年的气氛让人感动得想大喊大叫。在拥有全世界最多大学生的城市、无数个青春的面孔当中，两张稍微不怎么青春的脸，贴在了一起。丢掉沉默和眼泪，他们又见面了。

于是，他们拥抱了很久，以示内心久违的喜乐。

傅平　摄影